Wolfgang Schweiger · Draußen lauert der Tod

In ihrem vierten Fall haben die Ermittler Gruber und Bischoff es nicht nur mit einem flüchtigen Mordverdächtigen zu tun, sondern auch mit einem mysteriösen Todesfall: Der ehemalige Unternehmer und Privatier Horst Grabowski wird in der Nähe von Siegsdorf tot in einem Wildbach aufgefunden. Unfall oder Mord? Feinde hatte der vermögende Mann in der kleinen Gemeinde mehr als genug. Seine Affäre mit einer verheirateten Frau blieb nicht unbemerkt. Blieb sie auch folgenlos? Als er sich auch noch gegen eine von der Lokalpolitik geplante Windkraftanlage stark gemacht hatte, brachte er damit das halbe Dorf gegen sich auf. Gruber und Bischoff gehen vielen Spuren nach, die zunächst ins Leere führen.

Und dann ist da noch der mutmaßliche Mörder, der sich in den Wäldern rings um Traunstein versteckt hält, und der Polizei das Leben schwer macht.

Wolfgang Schweiger wurde 1951 in Traunstein geboren. Er veröffentlichte ein gutes Dutzend Krimis und schrieb Drehbücher für TV-Serien wie „SOKO 5113" und „Der Fahnder". 2008 erschien sein erfolgreicher Chiemgau-Krimi „Der höchste Preis". 2009 folgte„Kein Ort für eine Leiche" und 2010 „Tödlicher Grenzverkehr".

Wolfgang Schweiger

Draußen lauert der Tod

PENDRAGON

Es muss doch einen Weg hier raus geben.

Bob Dylan „All Along the Watchtower“

1

Als Ulrich Schwab an diesem Morgen kurz vor neun aus dem Bett stieg, ahnte er nicht, dass am Ende des Tages sein Leben in Scherben liegen würde. Dass er ab heute ein Mann auf der Flucht sein würde, verfolgt von der Polizei wegen Mordverdachts und gehetzt von ein paar Unterweltfiguren, die ihn tot sehen wollten. Wie üblich begnügte er sich zum Frühstück mit einer Tasse Kaffee und einer Zigarette, bevor er in seine Laufklamotten schlüpfte, Brieftasche und Handy einsteckte und das Haus verließ. Keine zehn Minuten später hatte er das alte Hafengelände erreicht, wo er seinen Wagen wie gewohnt auf dem Parkplatz einer längst aufgelösten Speditionsfirma abstellte. Er blieb noch kurz sitzen und hörte sich den Wetterbericht an, ehe er ausstieg und sich umblickte. Die Gegend schien wie ausgestorben, aber das war schon immer so gewesen, seitdem er hier seine Runden drehte. Er machte ein paar Auflockerungsübungen, nahm sich erneut vor, demnächst mit dem Rauchen aufzuhören, und trabte los. Erst am Kanal entlang, dann über den Eisensteg hinüber zu den stillgelegten Motorenwerken und weiter, vorbei an leerstehenden Lagerhäusern und etlichen weiteren Firmengebäuden, die ebenfalls verwaist dastanden.

Am Rheinufer angekommen, wandte er sich auf dem Dammweg stromabwärts und legte ein wenig an Tempo zu. Noch immer war kaum jemand zu sehen, und er fing zufrieden die Ruhe und Leere ein, die ihn umgaben. Irgendwann laufe ich einfach weiter, dachte er, einfach weiter bis ans Meer. Und dann? Er lächelte kurz vor sich hin und kam wieder einmal ins Grübeln. Wie fast immer an solchen Tagen, wenn ihm zwei Wochen Nachtschicht bevorstanden. Er liebte seinen Beruf, keine Frage, aber wollte er wirklich alt damit werden? Er war immerhin erst sechsunddreißig, rein theoretisch stand ihm die Welt noch offen. Zumal er keinerlei private Verpflichtungen hatte. Seine Ex-Frau war längst wieder verheiratet, seine Mutter schon lange tot, und an seinen Vater, sollte der noch leben, hatte er schon seit Jahren keinen ernsthaften Gedanken mehr verschwendet. Und seit ihm Anni vor vier Monaten erklärt hatte, dass sie beide doch nicht zusammenpassen würden, war er wieder mal Single. Blieben Frank und Oliver, zwei Kollegen, die zugleich seine besten Freunde waren. Die inzwischen aber auch auf Familie machten, entweder keine Zeit mehr hatten oder ihn mit ihren häuslichen Sorgen langweilten.

Er passierte die alte Zuckerfabrik und folgte dem

ausgetretenen Pfad, der zu der kleinen Anhöhe hinter dem Gebäudekomplex hinaufführte. Oben angekommen, ließ er sich auf eine der verwitterten Holzbänke fallen, die hier um einen runden Holztisch gruppiert waren. Er fühlte sich plötzlich ein wenig erschöpft und entschied nach einem Blick auf die Uhr, nach einer kurzen Rast, umzukehren und irgendwo in der Stadt eine Kleinigkeit zu essen. Und sich dann zu überlegen, was er mit dem Rest des Tages anfangen könnte.

All dies löste sich in Luft auf, als er zurück auf den Parkplatz kam und den schwarzen Ford Mondeo erblickte, der hier mit laufendem Motor stand – frontal gegen die Hauswand der Speditionsfirma geprallt. Schwab blieb verblüfft stehen und fixierte den Fahrer, einen jüngeren Mann mit blonden, knapp schulterlangen Haaren, der mit gesenktem Kopf dasaß und kein Lebenszeichen von sich gab. Was war passiert? Von dem Ford abgesehen war der Platz so leer wie vor knapp einer Stunde. Vielleicht ein Herzinfarkt, dachte er und rannte los. Er öffnete die Fahrertür, und zuckte unwillkürlich zurück. Es war jedoch nicht das viele Blut, das ihm zu schaffen machte. An den Anblick von Blut war er gewöhnt. Aber er spürte instinktiv, dass hier kein Unfall vorlag, dass die Verletzungen des Mannes, der hier zusammengesackt reglos auf dem Sitz hockte, anderer Art waren. Bauchschuss, war sein erster Gedanke, als er sich wieder in den Wagen beugte und den Kopf des Fahrers anhob, dessen Hemdbrust unter der schwarzen Lederjacke blutgetränkt war. Blut klebte auch an seinen Händen und am Lenkrad.

Der Mann zeigte keinerlei Reaktion.

Schwab überprüfte sein linkes Auge, obwohl ihm bereits klar war, dass hier nichts mehr zu machen war. Er hatte während seiner acht Jahre als Feuerwehrmann genug erlebt, um zu wissen, wann jede Hilfe zu spät kam. Dennoch griff er nach dem schlaff herunterhängenden Arm und versuchte, den Puls zu fühlen. Auch nichts. Er trat vom Wagen zurück und kramte nach seinem Handy. Tausend Fragen schossen ihm durch den Kopf. Wer war der Tote? Ein Polizist? Ein Gangster? Einfach irgendwer? Und wieso war er hier gelandet? War er geflüchtet? Wenn ja, vor wem? Oder was steckte sonst dahinter? Er blickte besorgt in die Runde, konnte jedoch nichts Verdächtiges ausmachen.

Er hatte das Telefon schon in der Hand, als sein Blick auf die blaue, prall gefüllte Sporttasche fiel, die auf dem Beifahrersitz lag. War diese Tasche vielleicht der Grund, weswegen der Mann erschossen worden war? Er zögerte kurz. Wollte er das wirklich wissen? Vielleicht war es klüger, sich da rauszuhalten. So eine Sache konnte ungeahnte Folgen haben. Doch dann siegte seine Neugier, er steckte sein Handy wieder ein, lief hastig um den Wagen herum und öffnete die Beifahrertür. Er zog den Reißverschluss der Tasche auf und erblickte genau das, was er befürchtet hatte: Geldscheine.

Gebrauchte, aber bestens erhaltene Hunderteuroscheine, mit roten Gummibändern fingerdick gebündelt. Er griff hinein, wühlte sich bis zum Boden der Tasche durch. Er fand nur Geld, sonst nichts. Er nahm ein paar der Bündel in die Hand und versuchte, den Wert des Tascheninhalts zu schätzen. Mindestens eine halbe Million, sagte er sich, vermutlich sogar viel mehr. Vielleicht die Beute aus einem Banküberfall? Er warf das Geld zurück in die Tasche und wandte sich nochmals dem Toten zu. Scheute sich aber, dem Mann in die Taschen zu greifen und nach einem Ausweis oder dergleichen zu suchen. Stattdessen lief er ein paar Schritte auf und ab und überlegte. Er spürte, dass er sich schnell entscheiden musste. Jeden Augenblick konnte jemand auftauchen. Er sollte die Polizei rufen, ganz klar. Am besten anonym, um keine Schwierigkeiten zu bekommen. So dass man ihn später nicht beschuldigen könnte, etwas von dem Geld abgezweigt zu haben. Falls die Kohle überhaupt echt war und kein Falschgeld. Aber hätte der

Typ sein Leben riskiert, wenn es sich um Blüten gehandelt hätte?

Er beugte sich wieder in den Wagen und starrte wie hypnotisiert auf die Tasche. Das war mehr Geld, als er bislang in seinem Leben verdient hatte. Mehr Geld, als ihm jemals zur Verfügung stehen würde. Zugegeben, er hatte sein Auskommen, war gesund und auch sonst relativ abgesichert. Aber so eine Gelegenheit würde nie wieder kommen. Zumal er nichts weiter tun müsste als einfach danach zu greifen. Er blickte nochmals prüfend in die Runde, aber nichts. Weit und breit niemand, der später bezeugen könnte, dass er hier war und sich bedient hatte. Dann packte er die Tasche, warf die Wagentür zu und lief zu seinem Opel zurück. Sollte das Geld wirklich aus einem Banküberfall oder dergleichen stammen, würde er es irgendwo deponieren und die Polizei verständigen. Sollte er aber nichts in der Richtung hören, sollte es sich um schmutziges Geld aus einem Drogendeal oder so handeln, würde er es behalten.

2

Schwab hatte den Parkplatz kaum hinter sich gelassen, als am Ende der Straße vor ihm ein Wagen sichtbar wurde und auf ihn zuhielt. Er blickte nach links und nach rechts, sah aber keine Chance, sich zu verdrücken. Links zog sich ein Maschendrahtzaun die Straße entlang, rechts reihten sich ein paar Lagerhäuser. Eines hatte zwar eine Zufahrt zur Rückseite, die aber garantiert eine Sackgasse war und somit keinen Ausweg bot. Er setzte schnell seine Sonnenbrille auf, dann war der Wagen, ein silbergrauer, mit zwei Personen besetzter BMW, auch fast schon auf seiner Höhe. Am Lenkrad ein Mann unbestimmbaren Alters mit viel Kinn und spitzer Nase, der ebenfalls eine Sonnenbrille trug, darüber ein braunes, tief in die Stirn gezogenes Käppi. Der Beifahrer war vielleicht fünfundzwanzig – ein finster dreinblickender Kerl mit glatt rasiertem Schädel. Aus dem Augenwinkel registrierte Schwab, dass ihn die beiden angestrengt musterten. Er unterdrückte den Impuls, voll aufs Gas zu steigen. Jetzt nur kein Aufsehen erregen, befahl er sich. Er behielt seine Geschwindigkeit bei, selbst dann noch, als er im Rückspiegel die Bremslichter des BMW aufleuchten sah. Dann hatte er endlich die Ecke erreicht, und der BMW verschwand aus seinem Blickfeld. Schwab beschleunigte. Nun aber nichts wie weg hier. Obwohl er sicher war, dass die zwei sich sein Autokennzeichen gemerkt hatten.

Er bog um eine weitere Ecke und atmete erleichtert auf. Hier war schon mehr los, der Fahrer eines Lieferwagens schleppte eben ein Paket zu einem der Firmengebäude, und vor einer Autowerkstatt stand ein junges Pärchen und begutachtete einen Sportwagen. Niemand beachtete ihn, und dann hatte er auch schon die Einfahrt zur Mülheimer Straße vor sich. Noch ein paar hundert Meter und er könnte im Verkehr untertauchen. Die Frage war nur: Was sollte er jetzt machen? Wenn die zwei harmlos waren und den Toten entdeckten, wäre er fällig. Sie mussten sich nur sein Kennzeichen gemerkt haben, und die Bullen könnten ihm glatt einen Mord anhängen. Nur dass die zwei überhaupt nicht harmlos ausgesehen hatten! Sein Blick wanderte zwischen Straße und Rückspiegel hin und her, doch nichts. Kein BMW in Sicht. An der Mülheimer Straße angekommen, fädelte er sich in den Verkehr ein und checkte seine Optionen. Sollte er es darauf ankommen lassen? Was aber, wenn die zwei hinter dem Mann her waren – vielleicht sogar seine Mörder waren? Dann steckte er echt in der Klemme.

Scheiße, Scheiße und nochmals Scheiße. Schwab

schlug mit der Faust aufs Lenkrad und wünschte sich, das verdammte Geld niemals angerührt zu haben. Sei vernünftig, sagte er sich dann. Fahr' auf der Stelle zu den Bullen und erkläre ihnen alles. Er hatte sich bisher nichts zuschulden kommen lassen, übte einen ordentlichen – um nicht zu sagen angesehenen – Beruf aus, kannte ein paar nicht unwichtige Leute, die ein gutes Wort für ihn einlegen würden. Kurzum: Man würde ihm seinen Fehltritt wohl verzeihen.

Dennoch zögerte er plötzlich. Klar, er hatte gute Chancen, strafrechtlich davonzukommen. Und seinen Job könnte er vermutlich auch behalten. Trotzdem war er ein Dieb, der einem Toten – nein, schlimmer noch: einem Ermordeten – Geld abgenommen hatte. Seine Kollegen würden ihm nie wieder hundertprozentig vertrauen. Die Sache würde an ihm kleben bleiben wie ein übler Geruch. Außerdem, wer wusste schon, in was für eine Chose er da reingeraten war, was für Typen das in dem BMW waren. Dass die zwei zufällig dort aufgekreuzt waren, daran mochte er nicht glauben.

Er warf erneut einen Blick in den Rückspiegel – und erstarrte. Der BMW war hinter ihm, der zweite Wagen auf seiner Spur, hinter einem Mercedes Coupé. Also doch! Er spürte, wie ihm am ganzen Körper der Schweiß ausbrach. Vielleicht

Zivilbullen, dachte er, verwarf diesen Gedanken aber sofort wieder. Die würden nicht so hinter ihm herschleichen, die würden ihr Blaulicht aufs Wagendach setzen und losbrettern.

Also hatte er zwei Gangster am Hals! Zwei Typen, die auch vor einem Mord nicht zurückgeschreckt waren. Und die garantiert wieder töten würden, schon um an das Geld zu kommen. Von der Ausschaltung lästiger Zeugen ganz zu schweigen. Oder die sich für den Verlust des Geldes rächen würden, vorausgesetzt, er schaffte es überhaupt bis zur Polizei. Und dann? Polizeischutz oder gar eine neue Identität würde er unter diesen Umständen kaum kriegen. Im Gegenteil, die Bullen würden sagen: selber schuld, Arschloch, und ihn mit seinen Problemen allein lassen. Also würde er trotzdem um sein Leben rennen müssen, nur mit dem Unterschied, dass er dann keine Kohle mehr hätte. Dass er leichte Beute wäre. Dass er kaum eine Chance hätte.

Schwab schüttelte den Kopf. Egal, wie man es betrachtete, es gab keinen legalen Ausweg. Nein, da musste er jetzt durch, koste es, was es wolle. Die Kreuzung Mülheimer/Moselstraße kam in Sicht. Was nun? Wenn er eines vermeiden musste, dann ein Stopp vor einer Ampel. Dann wären die Typen ruckzuck bei ihm am Wagen. Er behielt den Seitenspiegel im Auge, zählte jeden Meter, der ihn der

Kreuzung näherbrachte. Noch mit zwei Autos vor sich, sprang die Ampel auf Gelb um. Schwab hielt die Luft an. Ein oder zwei packten es erfahrungsgemäß bei Gelb, aber sicher war es eben nicht. Der erste, ein Mitsubishi-Geländewagen, fuhr weiter. Jetzt hing alles von dem Fahrer des Fiat Panda ab, dem er bereits an der Stoßstange klebte.

Mach zu, flehte Schwab innerlich, mach, dass du weiterkommst. Doch das Wunder geschah nicht: Der Panda stoppte, und Schwab wusste, dies war das Ende. Er blickte nach rechts zum Gehsteig und entdeckte seine Chance. Zwischen dem Gehsteig und der nächsten Hauswand lag eine schmale, mit grobem Kies bedeckte Fläche, die bis zur Straßenecke reichte. Doch würde der Platz ausreichen, um seine Karre da hindurch zu manövrieren? Egal, das oder der Tod! Schwab riss das Steuer herum und trat aufs Gas. Bemerkte erst jetzt die Fußgängerin, die plötzlich von rechts aufgetaucht war. Zu spät, um darauf noch zu reagieren. Er überwand auf Anhieb die Bordsteinkante, und die Frau verschwand aus seinem Blickfeld. Er lenkte dagegen, vorbei am Ampelmast und stieß auf die Straße vor. Riss das Steuer erneut nach rechts, einen Sekundenbruchteil, bevor das erste der von links heranrauschenden Fahrzeuge, ein alter VW-Käfer, auf seiner Höhe war. Der Fahrer des VW drückte wütend auf die Hupe, vergaß dabei aber nicht zu bremsen, so dass Schwab ungehindert wieder Fahrt aufnehmen konnte. Er beschleunigte, bog bei nächster Gelegenheit ab und sah den VW zurückbleiben. Schwab grinste unwillkürlich vor sich hin. Vermutlich eine Frau am Steuer, denn ein Mann hätte möglicherweise die Verfolgung aufgenommen. Aber egal, er hatte es geschafft. Dieser kleine Vorsprung würde ihm schon reichen. Immerhin war er in der Stadt aufgewachsen und kannte sich allein durch die vielen Einsätze bestens aus.

3

Als Schwab sicher war, dass er seine Verfolger fürs Erste abgehängt hatte, lenkte er seinen Opel auf den Hinterhof eines Farbengeschäfts, parkte neben einem Lieferwagen ein und kaute lustlos auf einem Stück Schokolade herum, das er im Handschuhfach entdeckt hatte. Ihm war flau im Magen und er hatte Mühe, sich zu konzentrieren, aber ihm war klar, dass seine nächsten Schritte entscheidend sein würden. Wenn er nur gewusst hätte, wie gut organisiert diese Typen waren. Handelte es sich nur um die beiden oder steckte eine ganze Bande mit entsprechenden Verbindungen dahinter? Zum Glück hatte er seine Brieftasche bei sich, mit Ausweis und Kreditkarten, so dass er sich wenigstens einen Wagen mieten konnte. Aber was dann?

Jedenfalls gab es jetzt kein Zurück mehr. Nur gut, dass er weder Frau noch Kinder hatte noch sonst jemanden, der ihm besonders nahestand. Denn sollten diese Typen seine Adresse ausfindig machen, und davon musste er ausgehen, würden sie als Nächstes seine Wohnung auf den Kopf stellen und dabei in seinen Unterlagen auch seine Handynummer entdecken. Fragte sich nur, ob sie auch über die Möglichkeit verfügten, sein Handy zu orten? Aber dieses Risiko musste er eingehen, schon um seiner Kollegen und Bekannten willen, an die sich diese Mistkerle als Erstes ranmachen würden. Also konnte er nur eines tun: in Bewegung bleiben und darauf warten, dass man ihn anrufen würde. So dass er Gelegenheit hätte, den beiden zu erklären, dass niemand wüsste, wohin er flüchten würde.

Und die Polizei? Schwab schlug sich mit der Hand gegen die Stirn. Herrgott noch mal, die hatte er ganz vergessen. Auch wenn bei seinem Fluchtmanöver niemand zu Schaden gekommen war, die eine oder andere Anzeige würde es vielleicht dennoch geben. Diese Fußgängerin, der Lenker des VW, irgendein übereifriger Zeuge … Andererseits, so beruhigte er sich wieder, hatte die Polizei wohl Wichtigeres zu tun, als einer Verkehrssache ohne Verletzte und Sachschaden nachzugehen. Das Gleiche galt für seinen Chef bei der Feuerwehr. Der würde sich fürs Erste mit einer Krankmeldung zufriedengeben müssen, dann würde man weitersehen.

Er gönnte sich noch ein paar Minuten Ruhe, bevor er wieder losfuhr und seinen Wagen ganz in der Nähe in einer ruhigen Seitenstraße abstellte. Dann marschierte er zu einer Autovermietung in der Goethestraße, darauf bedacht, sich immer unter möglichst viele Passanten zu mischen. Er legte seine Kreditkarte vor und mietete sich für zwei Wochen einen VW-Golf mit Automatik. An der nächsten Tankstelle tankte er voll, kaufte sich ein paar Tafeln Schokolade, eine Packung Cashewnüsse und zwei Flaschen Mineralwasser, und fuhr anschließend hinaus in die südlichen Randgebiete, wo weniger Verkehr herrschte. Sein Handy eingeschaltet neben sich auf dem Beifahrersitz.

Kurz vor vierzehn Uhr war es dann so weit: Sein Handy klingelte. Er nahm den Apparat zur Hand. Keine Nummer auf dem Display. Er schluckte schwer und sagte „Ja …?“

„Hallo Arschloch“, war die Antwort. Eine Männerstimme, unerwartet sanft, aber mit einem bösartigen Unterton.

Schwab sagte nichts.

„Ich mache dir jetzt einen Vorschlag, also hör gut zu“, sagte der Mann weiter. „Du gibst uns das Geld zurück und wir vergessen, dass es dich gibt. Was hältst du davon?“

„Wer's glaubt, wird selig“, erwiderte Schwab.

„Wie du meinst. Aber das ist deine absolut einzige Chance, mit heiler Haut davonzukommen. Und das wäre eine Menge mehr, als dir zusteht, das kann ich dir versichern.“

„Oder deine Chance, nicht als Mörder dazustehen“, sagte Schwab. „Ich habe nämlich auch euer

Kennzeichen. Ein Anruf von mir bei den Bullen und ihr seid dran."

„Red keinen Blödsinn. Oder glaubst du im Ernst, wir benutzen für unsere Geschäfte unsere eigenen Autos?"

„Wir können es ja darauf ankommen lassen … Und noch eins: Spart euch die Mühe, irgendwem aus meinem Bekanntenkreis Angst zu machen. Keiner weiß, wo ich hinfahren werde, schon allein deswegen, weil ich es selber nicht weiß. Schreibt die Kohle einfach ab, okay?"

„Du kommst dir wohl sehr schlau vor, was?"

Schwab stieß einen Seufzer aus. „Wenn ich wirklich schlau wäre, hätte ich das verdammte Geld nie angefasst. Aber jetzt muss ich wohl damit leben, schätze ich."

„Musst du eben nicht, wenn du vernünftig bist. Und das bist du doch, so als braver, pflichtbewusster Feuerwehrmann, wie wir inzwischen wissen … Also, wir wollen nur das Geld, mehr nicht."

„Und was ist mit dem Typ in dem Ford?"

„Ein Drogendealer weniger, na und? Deswegen machen die Bullen keinen Aufstand. Vielleicht tun sie eine Woche lang so, als würde sie die Sache interessieren, aber dann landet der Fall bei den Akten."

„Und warum das Ganze? Ich meine, warum ist der Mann tot?"

„Weil er uns bescheißen wollte, was denkst du denn? Also, können wir auf dich zählen?“

Schwab blickte in den Rückspiegel und wieder nach vorne, konnte aber nichts Verdächtiges entdecken. Dennoch war ihm verdammt mulmig zumute. Was war, wenn dieses ganze Gelaber nur zu seiner Ablenkung diente, seine Verfolger bereits ganz in seiner Nähe waren? Dann eilten seine Gedanken voraus und beschäftigten sich damit, was er als Nächstes unternehmen müsste. Das Geld würde er jedenfalls nicht zurückgeben, da könnte dieser Typ noch so säuseln.

„Hey, was ist, bist du eingeschlafen?“, meldete sich der Mann wieder.

Schwab gab sich einen Ruck. „Tut mir leid“, sagte er, „aber es bleibt, wie es ist.“

„Dann bist du ein toter Mann. Wir kriegen dich, ist nur eine Frage der Zeit. Wir haben überall unsere Leute, in ganz Europa. So weit kannst du gar nicht rennen, dass wir dich nicht finden würden.“

„Warten wir's ab“, sagte Schwab und beendete die Verbindung. Nach etwa einem Kilometer bog er in eine Seitenstraße ab, die auf ein Waldstück zuführte. Dort parkte er am Rande einer Lichtung, löschte alle Daten auf dem Handy, zertrat den Apparat und warf die Teile ins Gebüsch. Zuletzt vergrub er die SIM-Karte ein paar Meter entfernt davon unter einem Baum, bevor er sich wieder in den Wagen setzte, einen Schluck Wasser trank und überlegte, wo er das Geld deponieren könnte, jedenfalls den größten Teil davon. Da musste er absolut sichergehen, sonst wäre wirklich alles umsonst gewesen. Zumal er nicht wusste, wann er wieder an das Versteck ran könnte. Er fröstelte plötzlich. Wohin sollte er überhaupt gehen, wenn dies alles erledigt wäre? Seine wenigen Freunde und Bekannten schieden logischerweise aus, also wohin? In das Dorf im Hunsrück, wo seine Eltern aufgewachsen waren und noch ein paar entfernte Verwandte lebten? Lieber nicht, die würden nur einen Haufen Fragen stellen und irgendwann würden diese Typen auch davon erfahren. Also doch ins Ausland? Vielleicht in den Süden? Am besten in eine Gegend, die zwar touristisch erschlossen war, aber noch nicht überlaufen. So dass er einen gewissen Überblick hätte, ohne dabei selbst aufzufallen.

Also dann, dachte er, hit the road, Jack. Doch zuerst nahm er Kurs auf ein Einkaufszentrum, um sich dort neben einem Spaten und etwas Plastikfolie auch gleich ein paar Dinge zu besorgen, die er für die nächsten Wochen benötigen würde.

4

Gruber trank einen Schluck Kaffee und griff erneut nach den beiden Eintrittskarten, die vor ihm auf dem Tisch lagen. Er freute sich noch immer wie ein Kind über dieses Geschenk. Auch wenn er in den letzten Jahren viele Konzerte von Altmeistern besucht hatte, von Bob Dylan über Leonard Cohen bis zu Kris Kristofferson, aber dass er sich jemals einen Auftritt von Paul Anka ansehen würde, hätte er nicht gedacht. Und das auch noch im Großen Festspielhaus in Salzburg, von der achten Reihe aus. Zugegeben, der Mann war ein Schnulzensänger, aber zumindest ein begnadeter. Und so ziemlich der Letzte seiner Art. Wie alt mochte der Typ inzwischen sein? Mindestens siebzig, schätzte er. Gruber schob die Tickets wieder in das Kuvert zurück und verdrückte den Rest seines Kuchens. Dann lehnte er sich zurück, den Blick auf die Bergstation gerichtet, und lächelte zufrieden vor sich hin. Er dachte daran, wie glücklich er sich schätzen konnte, dass er Ingrid an seiner Seite hatte. Da verlor alles seinen Schrecken, sogar das Älterwerden. Und wenn er in zwei, drei Jahren pensioniert wäre, könnten sie auch auf Reisen gehen.

„Na, Herr Hauptkommissar, auch den schönen Tag genützt?“

Gruber schreckte auf, ein wenig peinlich berührt. Er war tatsächlich eingedöst. Er brauchte ein paar Sekunden, um den Mann zu erkennen, der vor ihm stand, die linke Hand auf die Tischkante gestützt, und ihn freundlich anblinzelte.

„Ja, der Leitner Luggi", sagte er und erhob sich ungelenk.

Sie schüttelten sich die Hände.

„Darf ich mich a bisserl hersetzen zu dir?", fragte Leitner.

„Logisch." Gruber rückte ein Stück zur Seite und trank einen letzten Schluck von seinem inzwischen kalt gewordenen Kaffee, während Leitner seinen Rucksack ablegte und dann neben ihm Platz nahm.

„Nächste Woche soll's ja echt grauslich werden, habe ich gestern in den Nachrichten gehört", sagte Leitner. „Also habe ich mir gedacht, pack ich's noch mal, bevor der erste Schnee kommt."

Gruber nickte nur.

„Und, bist du ganz allein hier heroben?"

„Nein. Meine Frau ist irgendwo hinterm Haus und fotografiert …"

„Ah so? Ich dachte, du wärst geschieden?"

„Bin ich auch." Gruber schob seine Tasse weg und überlegte, wann er Leitner zum letzten Mal begegnet war. Sie waren über viele Jahre Nachbarn gewesen, bis Leitner nach dem Tod seiner Frau das

Haus verkauft und sich eine Wohnung in der Stadt genommen hatte. Seitdem hatten sie kaum mehr Kontakt gehabt, von einem Gruß auf der Straße und dem üblichen ‚Wie geht's so?' abgesehen.

„Aber ich habe vor gut drei Jahren zufällig eine alte Jugendliebe wieder getroffen", sagte er. „Und sie hat nichts dagegen gehabt, es noch einmal mit mir zu versuchen. Mit Trauschein und allem Drum und Dran."

„Na Glückwunsch. Und der Tochter, wie geht's der so?"

„Bestens. Die ist immer noch in Berlin und arbeitet dort für einen Filmverleih …"

„Filmverleih? Wollte sie nicht mal selber Filme drehen?"

„Stimmt, wollte sie. Aber anscheinend hat sie jetzt ihr kaufmännisches Talent entdeckt …"

„Und sonst? Wie läuft's beruflich so?" Leitner grinste. „Mal wieder in Salzburg gewesen und einen korrupten Kollegen auffliegen lassen?"

„Hör mir bloß damit auf", erwiderte Gruber. „Ich bin schon froh, wenn sie mich überhaupt noch reinlassen. Zum Beispiel wegen dem da …" Er zog die Eintrittskarten aus dem Kuvert und schob sie Leitner zu.

„Hey, der Paul Anka. Wusste gar nicht, dass es den auch noch gibt."

„Hat mir meine Frau zum Geburtstag geschenkt. Da kommt sie übrigens gerade …“ Sie blickten beide zu Ingrid, die eben um die Hausecke gebogen war und nun langsam auf sie zukam, ihren Fotoapparat noch in der Hand.

„Und, zufrieden mit der Ausbeute?“, fragte Gruber.

„Na ja, das Licht könnte besser sein …“

Gruber machte eine Handbewegung zu Leitner hin. „Der Luggi hier hat mal ein paar Häuser weiter gewohnt, gleich am Anfang der Straße.“

„Freut mich“, sagte Ingrid.

„Also dann, vielleicht sehen wir uns ja nachher noch.“ Nach diesen Worten griff Leitner nach seinem Rucksack, erhob sich und verschwand im Inneren der Gaststätte.

Ingrid rutschte neben Gruber auf die Bank, legte ihren Fotoapparat auf den Tisch und lehnte ihren Kopf dann an Grubers Schulter. Gruber sog den Duft ihres Haars ein und dachte, so könnte ich ewig sitzen bleiben.

„War echt eine gute Idee von dir, heute hier raufzufahren“, sagte sie nach einer Weile.

„Eben“, erwiderte Gruber. „Auch wenn ich's immer noch nicht glauben kann, dass du nie zuvor auf der Kampenwand warst.“

„Ich war über dreißig Jahre weg, schon vergessen?“, sagte sie. „Und mit siebzehn oder achtzehn war ich auf Berge nicht so scharf. Gab es damals die Bahn hier rauf eigentlich schon, so Ende der Sechziger?“

„Ich glaube schon …“

„Und, schon überlegt, was wir heute Abend machen?“

Gruber unterdrückte ein Gähnen und suchte nach einer Ausrede. Er hatte plötzlich keine Lust mehr, noch auszugehen, mit Leuten zu reden, vielleicht sogar noch weitere Glückwünsche entgegenzunehmen. Wenn, dann wollte er höchstens mal wieder ins Kino gehen.

„Ich weiß nicht“, sagte er. „Wir könnten uns vielleicht einen Film anschauen … Im Kino,“ setzte er hinzu.

„Ins Kino gehen?“ Ingrid schien von der Idee nicht besonders angetan zu sein.

„Warum nicht?“ Gruber grinste. „Ich bin sicher, wir würden den Altersdurchschnitt der Besucher gewaltig anheben.“

„So, meinst du?“ Ingrid klang unvermutet ein wenig deprimiert.

„Ist irgendwas?“

Ingrid löste sich von Gruber und schüttelte den Kopf. „Nein, was soll denn sein?“

„Jetzt sag schon. Ich merke doch, dass dich irgendwas beschäftigt. Ist es, weil ich gemeinerweise schon wieder ein Jahr älter geworden bin?“

„Depp!“ Ingrid puffte ihm zärtlich in die Seite.

„Was dann?“

„Na ja, aber ich möchte dir jetzt nicht den Tag verderben …“

„Du mir den Tag verderben!“, wiederholte Gruber mit einem Lächeln. „Das möchte ich mal erleben …“

Ingrid richtete sich auf und fixierte Gruber mit ernstem Blick. „Ich habe mir überlegt, ob ich mich vielleicht wieder selbstständig machen soll …“

Gruber zuckte mit den Schultern. „Wenn du meinst, es ist das Richtige, wieso nicht?“

„Ja, schon. Aber genauer gesagt, möchte ich dazu auch ein Geschäft aufmachen. In der Bahnhofstraße ist gerade ein Laden frei geworden, der genau richtig wäre.“

„Ach so, verstehe … Dann müsstest du aber auch Schmuck von anderen Leuten verkaufen, oder?“

„Klar. Aber da kenne ich inzwischen genug, und auch ein paar zuverlässige Lieferanten. Das wäre nicht das Problem …“

Gruber nickte. „Hört sich doch gut an … Ich dachte nur, du hättest nach meiner Pensionierung vielleicht Lust gehabt, irgendwo anders zu leben.“

„Stimmt. Aber inzwischen gefällt es mir eigentlich ganz gut in Traunstein. Und ich meine, wenn nicht jetzt, wann dann?"

„Na schön, und wo liegt jetzt das Problem?"

„Bei den Kosten natürlich …"

Gruber steckte das Kuvert mit den Eintrittskarten in seine Jackentasche, lehnte sich wieder zurück und ließ sich die Sache kurz durch den Kopf gehen. Er hatte anfangs nicht viel Interesse für Ingrids Schmuckhandwerk aufgebracht, war nur darauf bedacht gewesen, dass sie freie Hand dabei hatte und sich wohl bei ihm fühlte. Eine etwas gönnerhafte Haltung, wie er sich hatte eingestehen müssen, zumal Ingrid schon bald einen Halbtagsjob als Verkäuferin in einem Traunsteiner Juweliergeschäft angenommen hatte, um unabhängig von ihm zu sein. Wenn sie ihn jetzt also indirekt darum bat, sie zu unterstützen, musste ihr der Laden wirklich am Herzen liegen. Er winkte der Bedienung, die soeben auf die Terrasse getreten war, und griff nach seiner Brieftasche.

„Fahren wir erst mal runter", sagte er. „Dann sehen wir weiter. Aber mach dir mal keine Sorgen, das kriegen wir schon hin."

5

Das also war der Chiemsee. Schwab blickte mit müden Augen auf die bleigraue Wasserfläche links neben sich, auf der sich ein paar Segelboote tummelten. Er suchte nach der Insel, wo dieser verrückte König eines seiner Schlösser gebaut hatte, sah aber nur Wald, sonst nichts. Er fischte ein Stück Schokolade aus dem Handschuhfach, zerkaute es langsam und überlegte dabei, ob er nicht eine Pause machen sollte. Es fiel ihm zunehmend schwer, sich auf den Verkehr zu konzentrieren, der immer zähflüssiger wurde, seit er Rosenheim passiert hatte. Oder noch besser, er suchte gleich nach einem Gasthaus oder Hotel in Autobahnnähe, wo er übernachten könnte. Bis nach Kroatien war es noch verdammt weit und in einem Stück sowieso nicht zu schaffen.

Er warf einen Blick auf die Reisetasche neben sich auf dem Beifahrersitz. Fragte sich zum wiederholten Mal, wie lange die dreißigtausend Euro, die er eingepackt hatte, wohl reichen würden. Was den Rest betraf, immerhin noch knapp eine Dreiviertelmillion, konnte er nur hoffen, dass die Plastikverpackung dicht blieb und keine Feuchtigkeit zu den Geldscheinen durchdrang. Und natürlich auch, dass ihn trotz aller Vorsichtsmaßnahmen niemand beim Vergraben beobachtet hatte und sich jetzt an dem Geld erfreute. Er ließ das Fenster runter und sich etwas frische Oktoberluft ins Gesicht wehen.

Was er jetzt noch brauchte, war ein guter Grund für seinen Trip. Ein Grund, wieso er im Spätherbst allein unterwegs war. Schließlich wollte er niemanden unnötig auf sich aufmerksam machen. Vielleicht sollte er sich als Journalist ausgeben, oder besser noch als Fotograf. Dazu bräuchte er nichts weiter als eine Kameraausrüstung, und schon wäre er eingeordnet, hätte eine Identität. Genau, das war die Lösung. Dann könnte er sich herumtreiben, wie und wo er wollte, und niemand würde lästige Fragen stellen. Auf das Geld müsste er halt gut achtgeben und immer möglichst viel davon bei sich tragen.

Dann sah er das grelle Rot der Bremslichter vor ihm, doch zu spät. Er trat voll auf die Bremse, begriff aber gleichzeitig in dem verbleibenden Sekundenbruchteil, dass er keine Chance mehr hatte, den Aufprall zu vermeiden. Absolut keine. Er verfluchte seinen Leichtsinn, dann explodierte auch schon der Airbag und drückte ihn mit eiserner Faust in den Sitz zurück. Und er wollte schon sagen: Glück gehabt, als ihm ein Blick in den Rückspiegel verriet, dass es gleich noch schlimmer kommen würde, dass der blaue Lieferwagen hinter ihm gleich durch die Heckscheibe kommen würde. Er zog den Kopf ein und spannte die Halsmuskeln an, spürte den Schlag am ganzen Körper, horchte mit angehaltenem Atem auf das Knirschen von Metall und das Splittern von Glas. Alles um ihn herum geriet ins Wanken, doch nach vier, fünf Sekunden stabilisierte sich die Welt wieder, und er begriff, dass er den Unfall heil überstanden hatte.

Der Schock kam erst, als er versuchte, die Tür aufzustoßen.

Nichts rührte sich.

Er wiederholte den Versuch.

Dasselbe Ergebnis.

Er war eingeklemmt!

So ziemlich die übelste Situation, in die man geraten konnte.

Er konnte es nicht fassen. Das durfte einfach nicht wahr sein. Vor seinem geistigen Auge lief ein nur wenige Wochen zurückliegender Einsatz ab. Wie sie in verzweifelter Eile ein ganzes Wagendach hatten aufschneiden müssen, um an den Fahrer ranzukommen. Der inzwischen aber verblutet war.

Na gut, von Verbluten konnte bei ihm keine Rede sein, und dass ein Auto Feuer fing, war auch höchst selten der Fall. Er starrte zum Fenster hinaus, doch bis auf den Verkehr in Richtung München war nichts zu sehen. Und seltsamerweise war es schlagartig auch sehr still geworden. Wo zum Teufel blieb der Typ, dem er draufgefahren war? Oder der Blödmann von Fahrer des Lieferwagens? Alle verletzt oder mit sich selbst beschäftigt? Dann stand plötzlich ein untersetzter Endfünfziger mit pausbäckigem Gesicht am Wagen und rüttelte am Türgriff der Fahrertür. Aber nichts bewegte sich.

„Ich komme gleich wieder", rief er Schwab zu. „Wir holen Sie da gleich raus."

6

Zwanzig Minuten später befand sich Schwab, festgezurrt auf einer Liege, an Bord eines Rettungshubschraubers auf dem Weg ins Klinikum Traunstein. Der Notarzt hatte auf die Schnelle nichts festgestellt, was bedrohlich wäre, so dass er sich keine allzu großen Sorgen machte. Er verspürte zwar mächtige Nackenschmerzen und leicht übel war ihm auch, ansonsten hatte er nicht den Eindruck, dass ihm viel passiert war. Das Einzige, was ihm wirklich Sorgen bereitete, war seine Tasche mit dem Geld, die neben ihm auf dem Boden lag. Auf die würde er aufpassen müssen, egal, was diese Krankenhaustypen noch mit ihm vorhätten.

Und das war einiges, wie sich herausstellen sollte. Sie machten mit Schwab das volle Programm: Röntgen, Ultraschall, EKG und so weiter. Doch nur, um herauszufinden, dass ihm nichts Gravierendes zugestoßen war.

„Da haben Sie aber mächtig Glück gehabt“, sagte der Arzt, der ihn untersucht hatte und nun ein paar Daten in den Computer eingab. „Ein mittelprächtiges Schleudertrauma, mehr kann ich Ihnen nicht anbieten.“

Spaßvogel, dachte Schwab. „Und das heißt?“, fragte er, obwohl er die Antwort bereits kannte.

„Dass Sie für ein, zwei Tage unser Gast sein werden und Bettruhe einhalten sollten. Jedenfalls so lange, bis die Schwindelgefühle abgeklungen sind."

„Muss das wirklich sein?"

„Nicht unbedingt. Aber soviel ich weiß, waren Sie auf der Durchfahrt. Und Auto fahren dürfen Sie vorerst auf keinen Fall. Aber wenn Sie lieber in ein Hotel möchten, kann ich Sie nicht daran hindern."

Schwab überlegte kurz. Warum nicht, sagte er sich dann. Dann müsste er sich wenigstens um nichts kümmern, zumal er keine Ahnung hatte, wo er auf die Schnelle unterkommen könnte.

„Alles klar …", sagte er. „Sie dürfen mich aufnehmen."

„Gut. Dann werde ich gleich veranlassen, dass Sie gut untergebracht werden."

Der Arzt verschwand zur Tür hinaus und kam kurz darauf mit einer Krankenschwester wieder, die ein Bett vor sich herschob. Die beiden halfen Schwab auf das Bett, auf dem zu seiner Erleichterung bereits seine Tasche am Fußende lag. Die Schwester rollte Schwab in den Flur hinaus, weiter in den Lift, und schließlich in ein leeres Zweibett-Zimmer. Sie brachte das Bett in Position, griff nach der Tasche und verstaute sie im Schrank.

„Abendessen kommt in einer halben Stunde",

sagte sie mit leicht osteuropäischem Akzent, bevor sie ging.

Schwabs Blick irrte durch das Zimmer. Seine Kopfschmerzen waren stärker geworden und der Druck auf seiner Blase kaum mehr auszuhalten. Er setzte sich auf die Bettkante, und als er sicher war, dass er sich auf den Beinen halten könnte, schleppte er sich auf die Toilette. Das Gesicht, das ihm im Spiegel entgegenblickte, war grau, mit rot unterlaufenen Augen und blutleeren Lippen. Er versuchte ein Grinsen und dachte: Du hast auch schon mal besser ausgesehen, Blödmann.

Ein Klopfen an der Tür schreckte ihn auf. Er wankte ins Zimmer zurück, ließ sich aufs Bett fallen und rief „Ja."

Der Mann, der ins Zimmer trat, war der Mann, der ihm zusammen mit ein paar weiteren Personen aus dem Auto geholfen hatte. Der ihm möglicherweise das Leben gerettet hatte. Zwar war der Golf nicht in Flammen aufgegangen, wie er in der ersten Panik befürchtet hatte, aber es hätte passieren können. Immerhin hatte er zwei Einsätze mitgemacht, bei denen sie Menschen, die nach einem Unfall in ihrem Auto bei lebendigem Leib verbrannt waren, geborgen hatten. Ein Anblick, den er niemals vergessen würde.

„Wie ich sehe, geht's Ihnen schon wieder besser", sagte der Mann, die Klinke noch in der Hand.

„Allerdings", erwiderte Schwab. „Ich weiß gar nicht, wie ich Ihnen danken soll."

„Ach was." Der Mann drückte die Tür hinter sich zu und blieb in der Mitte des Zimmers stehen. „Brauchen Sie irgendetwas? Soviel ich gesehen habe, kommen Sie aus Mannheim. Sind Sie auf der Durchreise?"

„Genau. Wollte in Kroatien eine Woche Ferien machen."

„Verstehe …"

„Sagen Sie, das mit meinem Auto, könnten Sie sich vielleicht darum kümmern? Ist nämlich ein Mietwagen, und wenn …"

„Kein Problem."

„Prima. Könnten Sie mir vielleicht auch einen Anwalt empfehlen? Den brauche ich jetzt ja wohl auch …"

„Ich gebe Ihnen mal meine Karte." Der Mann holte seine Brieftasche hervor, zog eine Visitenkarte heraus und reichte sie Schwab.

Schwab hatte Mühe, seine Bestürzung zu verbergen. Es war nicht zu fassen, einfach unglaublich. Auf die Idee, dass der Typ ein Polizist sein könnte, wäre er nie im Leben gekommen. Und dann war dieser Andreas Gruber auch noch der Leiter der K 1 und damit wohl der Kripo-Chef in

Traunstein. Wenn der jetzt Erkundigungen über ihn einzog, war er geliefert. Doch bevor er sich dazu äußern konnte, tauchten ein anderer Arzt und die Schwab bereits bekannte Krankenschwester hinter dem Kommissar auf.

„Was machen Sie denn hier, Herr Hauptkommissar?", fragte der Arzt leutselig. „Hat unser Patient denn etwas ausgefressen?"

Gruber lächelte. „Nicht, dass ich wüsste. Er hat nur ein Stauende übersehen und dabei seinen Wagen zu Schrott gefahren. Ein zweiter, der auch nicht aufgepasst hat, hat ihm dann von hinten quasi den Rest gegeben."

„Gab's noch mehr Verletzte?"

„Zwei, aber zum Glück nicht der Rede wert. Nur ein paar Platzwunden, die an Ort und Stelle behandelt werden konnten."

„Und was haben Sie jetzt damit zu tun?"

„Nichts. Ich bin nur zufällig vorbeigekommen und habe ein bisschen Erste Hilfe geleistet." Gruber wandte sich wieder Schwab zu. „Also dann, Herr Schwab, gute Besserung. Und was den Anwalt betrifft, gebe ich Ihnen morgen Bescheid."

„Wunderbar", brachte Schwab mit Mühe hervor. „Und nochmals vielen Dank."

„Keine Ursache."

Der Arzt und der Kommissar gingen hinaus

und plauderten auf dem Flur weiter. Die Krankenschwester blickte den beiden mit säuerlicher Miene hinterher und schloss die Tür.

„Ist was?“, fragte Schwab verwundert, dem der plötzliche Missmut der Krankenschwester nicht entgangen war.

„Ich mag keine Polizisten“, erwiderte sie lapidar.

„Na ja, wer mag die schon“, sagte Schwab. „Aber der hier scheint mir ganz in Ordnung zu sein.“

Die Krankenschwester verzog erneut das Gesicht. „Der! Der soll schon zwei Leute erschossen haben, habe ich gerade von einer Kollegin erfahren.“

„Was?“ Schwab hätte beinahe aufgelacht. „Dieser gemütliche Bursche da! Das glaube ich nicht.“

„Dann warten Sie ab, bis er mal hinter Ihnen her ist …“

Schwab legte sich wieder ins Bett und atmete tief durch. Wenn das mal gut geht, dachte er. Aber was sollte er machen? Wenn er jetzt fluchtartig das Krankenhaus verließ, würde er erst recht für Aufsehen sorgen und diesem Bullen einen Grund für Nachfragen liefern. Besser also, er hielt sich bedeckt und hoffte auf das Beste.

„Wo kommen Sie eigentlich her, wenn ich fragen darf?“, wandte er sich an die Schwester.

„Aus Rumänien.“

„Und deswegen mögen Sie keine Polizisten, oder wie?

„Ja."

„Na ja, dass man in vielen Ländern, wie zum Beispiel in Afrika, der Polizei nicht gerade vertrauen kann, weiß jeder. Aber ich dachte, das mit der Diktatur und dem Polizeistaat in Rumänien wäre längst vorbei?"

„Schön wär's, aber das machen sie euch nur vor. In Wirklichkeit hat sich nichts geändert. Jedenfalls nicht für die kleinen Leute. Wer sich dagegen auflehnt, kommt ins Gefängnis. Oder verschwindet einfach, so wie mein Bruder …"

„Was hat er denn gemacht?"

„Nichts."

„Das tut mir leid …"

Die Krankenschwester nickte nur und verließ das Zimmer, bevor Schwab weitere Fragen stellen konnte.

7

Gruber parkte hinter Bischoffs Roadster ein und war kaum ausgestiegen, als einer der beiden Feuerwehrmänner, die wohl darauf achteten, dass sich kein Unbefugter der Unfallstelle näherte, auf ihn zutrat.

„Sie dürfen hier nicht stehen bleiben. Bitte fahren Sie weiter …"

Gruber zückte seinen Ausweis. „Kripo Traunstein", sagte er.

„Oh, Entschuldigung … Da oben ist es." Damit deutete der Feuerwehrmann den gekiesten Wanderweg hoch, der ein paar Meter weiter von der Straße abging und entlang eines schmalen Bachlaufs einen teils bewaldeten Hügel hinaufführte. Gruber nickte nur und stapfte los, begleitet vom sanften Plätschern des Wildbachs, dessen glasklares Wasser fast durchgängig kaum knietief war, wie er verwundert feststellte. Wie man darin ertrinken konnte, war ihm ein Rätsel. Stockbesoffen vielleicht, dachte er, besoffen, ausgerutscht und im eiskalten Wasser liegengeblieben.

Kurz vor einer Fichtengruppe machte er Halt und blickte zur Straße hinunter, wo eben ein dunkelblauer Kombi hinter seinem Peugeot anhielt. Ein schlanker, etwa fünfzigjähriger Mann stieg aus, eine Fototasche in der Hand. Die Presse, schätzte Gruber und ging weiter. Er passierte die Fichtengruppe und erblickte dahinter am Wegrand einen Schuppen, etwa fünfzig, sechzig Meter entfernt, wo sich etwa ein Dutzend Leute versammelt hatte. Ein paar weitere Feuerwehrmänner, zwei Kollegen von der Schutzpolizei, seine Kollegin Hauptkommissarin Ulrike Bischoff und eine Handvoll Anwohner oder Touristen. Sie standen debattierend um die Leiche herum, die neben dem Schuppen lag, Gesicht und Oberkörper mit einer schwarzen Plastikplane abgedeckt.

Bischoff kam ihm ein paar Schritte entgegen. „Wahrscheinlich nur blinder Alarm“, sagte sie. „Jedenfalls sieht es ganz danach aus, als wäre er gestürzt, in den Bach gefallen und ertrunken.“

„Und wie kommt er hier herauf?“, fragte Gruber.

Bischoff drehte sich um und zeigte zu dem Bauernhof weiter oben am Waldrand, der selbst aus dieser Entfernung imposant wirkte. „Weil er dort oben gewohnt hat. Sein Name ist übrigens Horst Grabowski. Alter vierundsechzig, Ex-Unternehmer aus dem Badischen und alleinstehend.“

„Schon lange?“

„Was lange?“

„Ob er schon lange dort oben gewohnt hat?“

„Seit knapp vier Jahren, soweit ich gehört habe. Wieso?“

„Dann möchte man doch meinen, dass er den Weg inzwischen gekannt hat, oder?“

„Ja, sicher. Jedenfalls muss es auf seinem Heimweg passiert sein. Soviel ich bis jetzt erfahren habe, war er gestern Abend noch in der Alpenrose, das ist eine Gaststätte unten in Siegsdorf, und ist dort so kurz vor Mitternacht aufgebrochen.“

„Und wer hat ihn gefunden?“

Bischoff wies auf zwei ältere Herrschaften, die noch immer ganz aufgeregt wirkten. „Die zwei da, ein Ehepaar aus Kassel, die hier Wanderurlaub machen. Die haben ihn vor gut einer Stunde entdeckt, der Länge nach und mit dem Gesicht nach unten im Wasser.“

„Und haben natürlich versucht, Erste Hilfe zu leisten, oder wie?“

Bischoff verzog das Gesicht. „Du sagst es …“

„War schon ein Arzt hier?“

„Ja, ein Doktor Heimhilger, auch aus Siegsdorf. Äußere Verletzungen hat er nur im Gesicht und an den Handinnenflächen feststellen können. Ein paar Schrammen und Schürfwunden, die wohl von dem Aufprall auf das Kiesbett herrühren dürften.“

„Okay, dann sehen wir mal nach.“ Gruber ging neben Bischoff her zu der Leiche. Neben dem Opfer lag ein durchsichtiger Plastikbeutel, der eine braune Lederbrieftasche, einen Schlüsselbund, eine Packung Papiertaschentücher und einen Kamm enthielt. Gruber nickte den beiden Schutzpolizisten zu, bückte sich und schlug die Plane zurück. Er erblickte einen für sein Alter verbraucht aussehenden, gänzlich weißhaarigen Mann mit tief zerfurchten Gesichtszügen, etwa einsneunzig groß und schlank, bekleidet mit Anorak, Kordhose und festen Schuhen.

„Hat ihn jemand von Ihnen gekannt?“, wandte sich Gruber an die Umstehenden.

„Der Horst war mein Onkel“, erwiderte ein großer, kräftig gebauter Mittdreißiger mit rotblondem Haar und trat dabei einen Schritt auf Gruber zu.

„Mein Beileid“, murmelte Gruber.

„Danke.“

Gruber deckte den Toten wieder zu, richtete sich wieder auf und schaute sich den Mann genauer an. „Ihr Name ist?“, fragte er.

„Mein Name ist Nick Baumann. Der Horst war der Bruder meiner Mutter.“ Er wies mit dem Daumen auf die blonde, etwas pummelige und ungefähr dreißigjährige Frau, die einen Meter hinter ihm stand und sichtlich fröstelte, obwohl sie einen pelzgefütterten Anorak trug. „Das hier ist meine Frau Margit.“

„Und Sie wohnen wo?“

„In Traunstein. Am Wochinger Spitz, um genau zu sein.“

„Hat Ihr Onkel das öfter gemacht? Ich meine, dass er zu Fuß nach Hause ist? Bis Siegsdorf runter sind es doch gut drei Kilometer …“

Baumann nickte. „Soviel ich weiß, ja. Er war ein sehr naturverbundener Mensch und hat keine Gelegenheit ausgelassen, in der Gegend herumzumarschieren. Egal, zu welcher Tageszeit.“

„Verstehe.“

„Ist das eigentlich immer so? Ich meine, dass bei jedem Unfall gleich die Kriminalpolizei kommt?“

„Ob es wirklich ein Unfall war, wissen wir noch nicht. Und solange ein Gewaltverbrechen nicht mit letzter Sicherheit ausgeschlossen werden kann, ermitteln wir.“

„Wissen Sie vielleicht, ob Ihr Onkel Feinde hatte?“, fragte Bischoff.

„Kommt darauf an, wie man das Wort Feinde definiert“, erwiderte der Mann.

Gruber und Bischoff wechselten einen Blick.

„Weil er doch diese Bürgerinitiative gegründet hat“, mischte sich unvermutet einer der Feuerwehrmänner ein. „Gegen die Pläne gewisser Kreise, die hier ganz in der Nähe einen Windpark errichten wollen.“

„Das heißt dann wohl, dass er bei diesen gewissen Kreisen nicht gerade beliebt war?", sagte Gruber.

„So könnte man es ausdrücken ..."

„Haben Sie diese Leute gemeint?", wandte sich Gruber wieder an Baumann.

Baumann nickte mit düsterer Miene. „Auch ..."

„Mein Gott, jetzt lassen Sie sich doch nicht jedes Wort einzeln aus der Nase ziehen", sagte Bischoff leicht genervt. „Wen denn noch?"

„Na ja, er hatte ein Verhältnis mit einer Frau in Siegsdorf. Genauer gesagt: Mit einer verheirateten Frau."

Im Funksprechgerät, das einer der Feuerwehrmänner umgehängt hatte, knackte es. Der Mann griff danach und hielt es sich ans Ohr. „Ja? ... Ja, verstanden ... Okay, gebe ich weiter." Er wandte sich an Gruber. „Der Leichenwagen wäre da."

Gruber nickte. „Alles klar. Dann ab nach München mit ihm."

„Nach München?", wiederholte Baumann überrascht. „Heißt das, Sie veranlassen eine Obduktion?"

„Sie haben's erfasst."

„Und wieso?"

„Weil ich ein vorsichtiger Mensch bin, deswegen. Und jetzt möchte ich mir mal das Haus Ihres Onkels ansehen, wenn Sie erlauben?"

8

Nick Baumann hatte einen Schlüssel zu Grabowskis Anwesen, und so standen die Beamten ein paar Minuten später im weitläufigen Flur und blickten sich um. Grubers erster Eindruck hatte nicht getrogen, hier war alles vom Feinsten. Das Gebäude samt Stall und Tenne war nicht nur außen aufwendig erneuert und restauriert worden, auch die Innenräume waren geschmackvoll und teuer eingerichtet. Bereits im Flur standen ausgesuchte Antiquitäten herum, und ein Gang durch das geräumige Wohnzimmer mit offenem Kamin, schweren Perserteppichen und einer freistehenden Treppe nach oben verriet ihm, dass der Verstorbene zumindest belesen war und viele Interessen gehabt hatte. Überall standen Regale, prall gefüllt mit Romanen, Bildbänden, Schallplatten und DVDs. Dazu in der Ecke ein großer Flachbildfernseher und eine hochwertige Stereoanlage. Von der Küche führte eine Glastür auf eine gepflasterte Terrasse hinaus, von der aus sie einen guten Blick auf die Unfallstelle und das Tal unter sich hatten. Das einzige Nachbargebäude war ein unscheinbares Einfamilienhaus, ein Stück unterhalb direkt neben der Zufahrtsstraße gelegen.

„Darf ich fragen, wonach Sie eigentlich suchen?“, fragte Baumann zwischendurch.

„Wir suchen gar nichts“, erwiderte Gruber. „Wir möchten nur sehen, wie Ihr Onkel gewohnt hat, das ist alles. Hat er das Haus eigentlich so gekauft oder hat er die ganzen Umbauten selbst vorgenommen?“

„Alles Eigenbau“, erklärte Baumann mit leicht missmutigem Unterton. „Der Kaufpreis der Hütte war gar nicht mal so hoch, aber fragen Sie mich nicht, wie viel er nachher noch reingesteckt hat. Die Renovierung hat über zwei Jahre gedauert …“

„Wissen Sie zufällig auch, wer das hier alles erben wird?“, fragte Bischoff. „Ich meine, allein das Haus hier dürfte ein kleines Vermögen wert sein.“

„Einiges vermutlich ich, nachdem ich sein einziger Verwandter war. Der Rest dürfte an diverse Umweltschutzorganisationen gehen, schätze ich. Mein Onkel hat sich sehr engagiert in diesen Dingen, aber das wissen Sie ja bereits.“

„Dann hat er sicher auch ein Testament hinterlassen, nehme ich an“, sagte Gruber.

Baumann nickte. „Vermutlich. Ich werde nachher gleich nachsehen.“

„Wenn Sie eines finden, möchte ich es gerne sehen, bevor Sie es dem Nachlassgericht übergeben.“

„Natürlich, selbstverständlich.“

„Darf ich noch fragen, was Sie beruflich machen?“

„Ich habe in Traunstein eine Werbeagentur.“

„Und, wie laufen die Geschäfte so?“, fragte Bischoff.

„Mal so, mal so. Man muss halt immer am Ball bleiben … Würden Sie mich jetzt bitte entschuldigen, aber ich muss ein paar Anrufe machen. Falls Sie mich brauchen, ich bin oben im Arbeitszimmer.“

„Alles klar“, sagte Gruber. „Aber eine Frage hätte ich noch: Wo haben Sie sich gestern Nacht aufgehalten?“

„Wie soll ich das verstehen?“ Baumanns Blick drückte Entrüstung aus.

„Reine Routine. Also?“

„Ich war zuhause. Meine Frau kann das bezeugen …“

Gruber nickte nur, und Baumann ging ins Haus zurück.

„Klingt ganz so, als wäre er auf seinen Onkel nicht besonders gut zu sprechen gewesen“, sagte Bischoff.

„Kann ich gut verstehen“, sagte Gruber. „Nicht umsonst heißt es: Wer reich ist und dumm, kauft sich ein altes Haus und baut es um. Wahrscheinlich wäre es ihm lieber gewesen, wenn der liebe Onkel das Geld in seine Werbeagentur gesteckt hätte.“

Zurück im Wohnzimmer, ließ sich Gruber in einen der eleganten, aber höchst bequemen Polstersessel fallen und rieb sich die Augen. Er fühlte sich plötzlich ein wenig müde, schob es auf den gestrigen Abend, der länger ausgefallen war, als er gedacht hatte. Der Film im Bahnhofskino, ein Gerichtsdrama um einen halbseidenen Anwalt, der von seinem Mandanten erst reingelegt wird und dann zurückschlägt, hatte ihm zwar ausnehmend gut gefallen, aber den anschließenden Kneipenbummel hätten sie sich sparen können. Einfach nicht mehr seine Welt. Er nahm sich vor, seinen nächsten Geburtstag, der auch noch ein runder sein würde, mit Ingrid auswärts zu feiern. Vielleicht auf Teneriffa, das mit vier oder fünf Stunden Flugzeit gerade noch unter erträglichen Umständen erreichbar war.

„Ein Mann von Welt und mit Kultur, würde meine Mutter sagen", unterbrach Bischoff Grubers Sinnieren, während sie ein dickleibiges Buch aus einem der Regale nahm.

Gruber brummte nur etwas vor sich hin.

„Hier, sieh mal." Bischoff zeigte Gruber das Buchcover. „Don Quijote, der Urvater aller Windrad-Kritiker …"

„Habe ich nie gelesen."

„Gefällt dir wenigstens mein Buch?"

„Oh, entschuldige. Dafür möchte ich mich nochmals bedanken …" Bischoff hatte ihm zum Geburtstag „Böse Philosophen" von Philipp Blom geschenkt, ein Werk ganz nach seinem Geschmack. „Wie hast du überhaupt davon erfahren?“

„Ich habe in einer Zeitschrift darüber gelesen und gedacht, das könnte dich interessieren.“ Bischoff lächelte ihm kurz zu. „Vier Jahre sind eine lange Zeit. Da lernt man jemanden schon ein bisschen kennen.“

„So lange ist das schon her, seit du von München nach Traunstein gekommen bist?“ Gruber schüttelte nachdenklich den Kopf.

„Allerdings …“

„Und, hast du es schon mal bereut?“

Bevor Bischoff antworten konnte, hörten sie Schritte im Flur, die rasch näher kamen. Gruber erhob sich und erblickte im nächsten Augenblick eine etwa sechzigjährige, robust wirkende Frau, die sie misstrauisch musterte.

„Sind Sie von der Polizei?“, fragte sie.

Gruber nickte. „Kripo Traunstein“, sagte er. „Und wer sind Sie?“

„Haben Sie auch einen Ausweis?“

„Natürlich.“ Gruber zeigte ebenso wie Bischoff seinen Ausweis vor.

„Ich bin die Haushaltshilfe von Herrn Grabowski“, sagte die Frau, nachdem sie die Ausweise gründlich beäugt hatte. „War, meine ich“, berichtigte sie sich nach einer kurzen Pause.

„Verraten Sie uns auch Ihren Namen?", fragte Gruber.

„Eder. Margot Eder. Ich wohne gleich unterhalb in dem Haus neben der Straße, war heute früh aber beim Zahnarzt. Darf ich fragen, wie Sie hier hereingekommen sind?"

„Herr Baumann war so nett …"

„War Herr Grabowski eigentlich oft so spät am Abend unterwegs?", fragte Bischoff.

„Na, eigentlich ned. Außer am Mittwochabend vielleicht mal am Wochenende. Aber jetzt möchte ich erst mal wissen, wieso die Kriminalpolizei da ist, wenn's doch ein Unfall war?"

„Ob es ein Unfall war, wird sich herausstellen", sagte Gruber, dem die feindselige Art der Frau langsam auf den Wecker fiel.

„Wir haben nämlich gehört, dass er der Begründer einer Bürgerinitiative gegen so einen Windpark hier in der Gegend war", sagte Bischoff. „Das heißt dann doch wohl, dass er mit den Leuten, die sich für das Projekt einsetzen, Ärger hatte?"

Die Frau winkte ab. „Ach, der Schmarrn. Deswegen bringt man doch niemanden um."

„Sie würden sich wundern, wegen welcher Kleinigkeiten Menschen manchmal umgebracht werden", sagte Gruber.

„Trotzdem …" Die Frau zögerte kurz. „Na ja,

Sie werden's ja sowieso rausfinden: Er hat was mit einer Frau hier aus Siegsdorf g'habt …"

„Davon haben wir auch schon gehört", merkte Bischoff an. „Aber die wird ihn ja wohl kaum in den Bach gestoßen haben."

„Die ned, aber vielleicht ihr Mann …"

Gruber und Bischoff wechselten einen Blick. „Interessant", sagte Gruber. „Und wie heißt der Herr?"

„Herzog. Martin Herzog. A Automechaniker. Hat früher mal eine eigene Werkstatt g'habt, mit der er aber pleite g'macht hat. Seitdem arbeitet er in Traunstein in so einer Firma für Autoersatzteile als Lagerarbeiter."

„Und Sie glauben, der wusste über das Verhältnis Bescheid?", fragte Bischoff.

„Wenn ned, müsst er schon selten blöd sein. Halb Siegsdorf hat doch Bescheid g'wusst."

„Und wie hat er darauf reagiert?"

„Mei, wie schon. Nach außen hat er sich nix anmerken lassen. Aber ich möcht nicht wissen, wie's in dem g'wurlt hat."

„Gewurlt?", wiederholte Bischoff mit verständnislosem Blick.

„Gewühlt von aufgewühlt", erklärte Gruber schmunzelnd.

„Aha. Und sonst?"

Frau Eder schüttelte bedächtig den Kopf. „Sonst fällt mir eigentlich niemand ein, der einen Hass auf ihn g'habt hätte." Sie wischte sich mit dem Finger eine Träne aus dem Augenwinkel. „War so ein feiner Herr, der Herr Grabowski. So ein Jammer, dass er so ausm Leben hat scheiden müssen."

„Und nicht gerade unvermögend, wie wir festgestellt haben", sagte Gruber und wies kurz in die Runde.

„Des stimmt. Geld hat er genug g'habt."

„Wissen Sie zufällig auch, woher?"

„Er war mal Unternehmer. Bis er g'merkt hat, dass Arbeit ned alles ist."

„Und wer kriegt das jetzt alles?", fragte Bischoff. „Sein Neffe?"

Die Frau zuckte mit den Schultern. „Wahrscheinlich … Wo ist denn der überhaupt?"

„Oben im Arbeitszimmer, hat er gesagt. Er wollte telefonieren und nach dem Testament sehen, falls eines vorhanden ist."

„Und seine Frau, die Margit? Ist die auch da?"

„Die war da, ist aber schon wieder nach Hause gefahren", sagte Gruber. „Aber jetzt noch was anderes: Ist Ihnen gestern Abend oder in letzter Zeit etwas aufgefallen?"

„Was denn aufgefallen?"

„Nun ja, irgendetwas Ungewöhnliches halt."

„Ned direkt. Oder doch, warten S'. Das Licht war aus, genau. Des hat mich gewundert, weil doch …"

Erneute Schritte im Flur. Gleich darauf stand ein drahtiger, grauhaariger Mann um die Mitte fünfzig vor den Beamten, eine Kamera in der Hand. Es war der Mann aus dem Kombi und Gruber völlig unbekannt.

„Was wollen Sie denn hier?", fuhr Gruber den Mann an.

„Ich bin von der Presse. Norbert Schneider mein Name", erwiderte dieser und schaute sich dabei neugierig um.

„Habe Sie noch nie gesehen", sagte Gruber.

„Das glaube ich Ihnen gerne. Normalerweise mache ich nämlich auch keine Lokalsachen, aber der Kollege ist leider verhindert. Also haben sie mich geschickt. Ich hoffe, Sie haben kein Problem damit?"

„Das wird sich herausstellen", sagte Gruber.

„Ich kenne Sie", sagte Bischoff. „Ich habe Ihnen im Sommer auf dem Flohmarkt in Waging ein Buch abgekauft."

„Stimmt. Da bin ich manchmal …"

„Zahlen die bei der Zeitung so schlecht, dass Sie nebenbei auf dem Flohmarkt verkaufen müssen?", fragte Gruber, dem der Mann nicht unsympathisch war, soweit man als Polizeibeamter Pressevertreter sympathisch finden konnte.

„Ich bin da nur freier Mitarbeiter“, erklärte Schneider. „Normalerweise für Sachen wie Kino, Kabarett und Musik zuständig.“

„Na toll. Dann passen Sie mal auf, dass die Geschichte nicht versehentlich im Kulturteil landet.“

Schneider grinste. „Warum nicht? Würde doch gut passen, gleich neben dem Bericht von einem Kirchenkonzert. Was dagegen, wenn ich ein paar Fotos mache?“ Mit diesen Worten hob er seine Kamera und richtete sie auf Gruber.

Gruber wehrte mit einer Handbewegung ab und zeigte zur Haustür. „Vorerst nur von draußen“, bestimmte er.

Schneider hatte kaum kehrtgemacht, da stand auch Nick Baumann wieder vor den Beamten, mit gerötetem Gesicht und ziemlich aufgelöst, wie es Gruber schien. Er warf einen wütenden Blick zu Frau Eder und sagte: „Ich finde da oben nichts. Haben Sie aus seinem Arbeitszimmer vielleicht etwas weggeräumt? Oder vielleicht sogar weggeschmissen?“

„Ich?“, fragte die Frau sichtlich verwirrt.

„Ja, Sie. Wer denn sonst?“

„Um was geht es denn?“, schaltete sich Gruber ein.

„Um sein Testament natürlich. Ich dachte, ich muss nur hingreifen, aber da ist nichts …“

„Das habe ich nie gesehen, sein Testament“, sagte Frau Eder. „Und wenn S’ mich noch einmal so anfahren, dann war ich die längste Zeit hier im Haus, damit Sie’s wissen.“ Sie huschte an Gruber und Nick Baumann vorbei in den Flur hinaus. „Und verdächtigen lasse ich mich schon gar nicht“, rief sie an der Haustür noch über die Schulter zurück.

„Nicht, dass Sie jetzt denken, ich wäre so scharf aufs Erbe“, sagte Baumann. „Aber warum soll man Dinge, die gemacht werden müssen, unnötig lange aufschieben.“

„Na schön, dann wollen wir Sie nicht länger stören“, sagte Gruber. Er wandte sich Bischoff zu: „Fahren wir runter ins Dorf. Ich brauche jetzt einen Kaffee …“

9

„Hab mich schon gefragt, wann Sie hier aufkreuzen“, sagte der Wirt, noch bevor Gruber oder Bischoff sich richtig vorstellen konnten. „Ist doch klar, dass Sie wissen möchten, wo er seine letzten Stunden verbracht hat, der arme Herr Grabowski. Ob da irgendwas Verdächtiges vorgefallen ist oder so. Aber da muss ich Sie leider enttäuschen. Es war alles so wie jeden Mittwochabend. Wenn wir natürlich gewusst hätten, dass es das letzte Mal ist, dann …“

„Jetzt mal halt“, unterbrach Gruber den Redefluss des Mannes. „Ist ja schön und gut, dass Sie uns helfen möchten, aber immer schön der Reihe nach, okay?“

„Ja, klar, Herr Kommissar. Wie Sie meinen …“

„Und gehen wir erst mal rein, wenn's recht ist.“

Der Wirt, ein beleibter, kahlköpfiger Mann um die sechzig, drehte sich um und führte die Beamten durch den Flur in die noch leere Gaststube, in der eine junge, übermüdet aussehende Frau gerade mit Aufräumarbeiten beschäftigt war.

„Meine Tochter Lena“, erklärte der Wirt. „Sie hat gestern Abend auch bedient.“

Gruber und Bischoff stellten sich auch der Tochter vor und setzen sich dann mit dem Wirt an den Stammtisch.

„Möchten S' was trinken, einen Kaffee vielleicht?", fragte der Wirt.

„Kaffee ist immer gut", erwiderte Gruber.

Bischoff schüttelte den Kopf. „Danke, nein."

„Was war denn nun wie jeden Mittwochabend?", fragte Gruber, sowie die Wirtstochter sich an der Kaffeemaschine zu schaffen machte.

„Sie haben schafkopft. Der Grabowski, der Eder, der Riedler Sepp und der Herbert, mein Schwiegersohn."

„Der Eder, ist das zufällig der Mann …?"

Der Wirt nickte. „Genau. Sei Oide ist die Putzfrau vom Grabowski. Oder war's, wenn man's genau nimmt."

„Gab es dabei zufällig einen Streit oder etwas in der Richtung?", fragte Bischoff.

„Weder zufällig noch sonst wie", erwiderte der Wirt.

„Und wann ist Herr Grabowski von hier weggegangen?", fragte Gruber.

„Gestern hat's a bisserl länger dauert, so kurz nach halbe zwölfe." Der Wirt beugte sich zu Gruber vor. „Aber jetzt sagen S' mal im Ernst: Glauben Sie wirklich, dass des koa Unfall war?"

„Was ich glaube, spielt keine Rolle", erwiderte Gruber. „Wir sind nur verpflichtet, der Sache so lange nachzugehen, bis wir Fremdverschulden ausschließen können. Wie viel hatte er denn getrunken, der Herr Grabowski?"

„Na ja, a kloans Reischerl wird er schon g'habt haben. Aber des hoaßt noch lang ned, dass er sein Weg ned g'funden hätt."

„Und dass er diesen Weg nimmt, war auch allgemein bekannt?", fragte Bischoff, die sichtlich zum Punkt kommen wollte. „Auch diesem Herrn Herzog zum Beispiel?"

Der Wirt lächelte breit. „Ja so, jetzt versteh ich, auf den Martin möchten S' raus. Ja freilich hat der des g'wusst. Aber damit sind S' aufm Holzweg, des sag ich Eahna gleich. Jeder andere, aber ned der Martin."

Gruber bekam seinen Kaffee serviert. Er bedankte sich, schüttete etwas Zucker hinein und fragte: „Wie steht es denn mit anderen Feinden? Da stehen heute doch Millionen auf dem Spiel, wenn es um die Errichtung von Windrädern geht."

„Stimmt, des mit dem geplanten Windpark, da hat er sich sehr engagiert, der Herr Grabowski. Dagegen engagiert, um genau zu sein. Ist ja auch der Wahnsinn, was die jetzt vorhaben mit der Energiewende. Ois werd g'opfert, die ganze schöne Landschaft, und der Atomstrom kommt jetzt aus der Tschechei oder sonst woher ausm Osten, und da möchte ich mal wissen …"

„Wir möchten vor allem wissen", unterbrach Gruber den Redefluss des Mannes, „ob Herr Grabowski deswegen noch andere Feinde hier in der Gemeinde hatte?"

„Na ja, ein paar haben sich schon aufgeregt d'rüber, dass ein quasi Auswärtiger da so Partei ergreift. Und soviel ich g'hört hab, haben die auch versucht, ihn zu bestechen. Aber jetzt frag ich Sie: Wie möchten S' jemanden bestechen, der eh schon alles hat, ha?"

„Schwierig", gab Gruber zu und nippte an seinem Kaffee.

„Aber reden S' doch selber mit dem Eberhard. Den kennen S' doch sicher, oder?"

„Allerdings."

„Eberhard wer?" fragte Bischoff.

„Eberhard Müller. Des ist hier in der Gemeinde der Chef-Grüne, der auch die Firma aus München herbracht hat", erklärte der Wirt. „Sein Hof liegt ungefähr zwei Kilometer von hier, wenn S' in Richtung Inzell fahren, auf der rechten Seite bei dem Schild: Bioprodukte frisch vom Hof."

„Na wunderbar." Gruber trank noch einen Schluck Kaffee, erhob sich und holte seine Brieftasche heraus.

„Aber geh, Herr Kommissar", sagte der Wirt. „Der Kaffee geht natürlich aufs Haus …"

„Besten Dank."

Der Wirt begleitete die Beamten vor die Tür hinaus. Er zeigte auf die Brücke über die Traun. „Wenn S' zu der Hedwig wollen, müssen S' da rüber, dann den Berg rauf und dann die erste links rein. Ich meine, die werden S' ja wohl als Nächste befragen, oder?"

„Die Frau, mit der Herr Grabowski ein Verhältnis hatte?", vergewisserte sich Bischoff.

„Genau die."

„Also hat wirklich das halbe Dorf Bescheid gewusst?"

Der Wirt zuckte mit den Schultern. „Ja, mei, so ist des halt aufm Land."

Sie waren kaum losgegangen, als Gruber einfiel, dass er diesem Pechvogel von Feuerwehrmann versprochen hatte, sich nach einem Anwalt für ihn umzusehen. Er überlegte kurz, wer dafür in Frage kommen könnte, und entschied sich für einen alten Bekannten aus seiner Schulzeit. Dann holte er sein Handy heraus und rief im Traunsteiner Krankenhaus an. Während er mit Schwabs Zimmer verbunden wurde, erzählte er Bischoff mit knappen Worten, was sich gestern auf der Autobahn abgespielt hatte. Gleich darauf hatte er Schwab am Apparat.

„Kommissar Gruber hier", sagte er. „Wollte mich nur erkundigen, wie es Ihnen geht."

„So weit ganz gut“, erwiderte Schwab. „Und bei Ihnen? Ich meine, dass mich ausgerechnet der Chef der Kripo hier aus dem Wagen holt, ist ja echt der Hammer.“

„Ach was. Tut mir leid, dass ich mich erst jetzt melde, aber ich hatte heute Morgen beruflich zu tun. Was den Anwalt betrifft, von dem wir gestern gesprochen haben, setzen Sie sich doch mit einem Karl Ebenböck hier in Traunstein in Verbindung. Sagen Sie ihm, Sie kommen auf meine Empfehlung …“

„Prima. Werde ich gleich machen.“

„Und, werden Sie auch gut versorgt?“

Schwab lachte kurz. „Na ja, ich habe ein Zimmer mit Fernseher für mich allein, bekomme das Essen ans Bett serviert und bin von netten Frauen umgeben. Was will man mehr?“

„Wissen Sie auch schon, wie lange dieser paradiesische Zustand noch anhalten soll?“

„Bis morgen, maximal übermorgen, hat der Arzt gemeint. Dann werde ich mir ein Hotelzimmer nehmen und warten, bis alles erledigt ist.“

„Machen Sie das. Und nochmals alles Gute.“

„Danke.“

Gruber steckte das Handy wieder ein und beschleunigte seine Schritte. Bischoff warf ihm einen neugierigen Blick zu.

„Seit wann bist du denn so ein Menschenfreund?", fragte sie.

Gruber zuckte mit den Schultern. „Weiß nicht, aber der arme Kerl hat mir irgendwie leid getan, obwohl er selbst schuld war …"

Ein paar Meter nach der Brücke blieb Gruber abrupt stehen und blickte auf die Skulptur, die hier an einer Hauswand neben der Straße angebracht war. Bischoff tat es ihm gleich.

„Wer hat das gemacht?", fragte sie sichtlich beeindruckt.

„Vermutlich der Angerer. Die Technik ist jedenfalls typisch für ihn …"

„Tut mir leid, wenn ich schon wieder fragen muss, aber wer ist der Angerer?"

„Walter Angerer der Jüngere, der bekannteste Künstler hier in der Gegend. Wohnt auch hier in Siegsdorf."

„Und woher kennst du den?"

„Habe ihn mal auf einer Vernissage kennen gelernt, als ich noch mit meiner ersten Frau verheiratet war. Hat echt was drauf der Mann."

„Stellt so etwas wie eine Mammutjagd dar, oder?"

„Genau."

„Und wieso ist das ausgerechnet hier ausgestellt?"

Gruber drehte sich zur Seite und deutete auf die

nächste Einfahrt. „Gleich da hinten ist das Mammut-Museum, Siegsdorfs größte Attraktion. Noch nie davon gehört?", fragte er.

Bischoff schüttelte den Kopf. „Nein".

„Solltest du dir mal ansehen …"

„Apropos erste Frau", sagte Bischoff dann beim Weitergehen. „Was ich dich schon längst mal fragen wollte: Hatte eure Scheidung eigentlich etwas mit deinem Beruf zu tun?"

Gruber schüttelte den Kopf. „Im Gegenteil, mein Beruf hat ihr immer imponiert, glaube ich. Es war eher eine Frage des Temperaments. Sie wollte halt immer irgendetwas unternehmen, unter Leuten sein und so, während ich abends lieber Musik hören oder lesen wollte. Außerdem gab es immer etwas am Haus zu reparieren, und dann habe ich sogar mal angefangen, Schnaps zu brennen."

„Und da kann man sich nicht arrangieren?"

„Wir haben's versucht, zumindest eine Zeitlang. Bis wir gemerkt haben, dass wir uns damit keinen Gefallen tun. Also haben wir uns, nachdem die Ines vierzehn war und somit aus dem Gröbsten raus, in aller Freundschaft getrennt."

„Aber deine Tochter ist bei dir wohnen geblieben?"

„Ja, die hat genau gewusst, bei wem sie mehr Freiheiten hat …"

10

Zwei Minuten später standen sie vor dem schmucklosen Einfamilienhaus, in dem Hedwig und Martin Herzog wohnten. Die Frau, die ihnen öffnete, war um die vierzig, ziemlich groß und wie Gruber fand, auf eine strenge Art attraktiv. Kurzhaarschnitt, leicht herbe Gesichtszüge, sportliche Figur. Falls sie schon vom Tod ihres Liebhabers gehört hatte, ließ sie sich nichts davon anmerken. Sie blieb mit verschränkten Armen in der Tür stehen und musterte die Beamten kühl. Gruber stellte sich und Bischoff vor und sagte dann: „Könnten wir Sie kurz sprechen? Sie sind doch Frau Herzog, oder?“

„Ich weiß schon Bescheid“, erwiderte die Frau. „Aber wenn Sie glauben, dass mein Mann etwas damit zu tun hat, täuschen Sie sich.“

„Trotzdem werden wir ihn befragen müssen“, erwiderte Gruber.

„Wie Sie meinen …“

„Wieso sagten Sie, wir würden uns täuschen?“, fragte Bischoff. „Heißt das vielleicht, dass Ihr Mann nicht zuhause war, als es passiert ist?“

Ein Schatten huschte über das Gesicht der Frau. „Das weiß ich leider nicht …“

„Wie bitte?“ Bischoff warf Gruber einen überraschten Blick zu.

„Ich habe gestern Abend meine Mutter in Altenmarkt besucht", sagte die Frau weiter. „Der geht's im Augenblick nicht so gut. Ich bin erst gegen halb drei Uhr morgens heimgekommen."

„Das heißt, Ihr Mann war bis zu diesem Zeitpunkt alleine zuhause?", fragte Gruber. „Oder haben Sie vielleicht Kinder, die noch bei Ihnen wohnen?"

Die Frau schüttelte den Kopf. „Wir haben keine Kinder ..."

„Tja, unter diesen Umständen werden wir Ihren Mann unbedingt befragen müssen", sagte Gruber. „Wie heißt denn die Firma, bei der er in Traunstein beschäftigt ist?"

Die Frau sagte es ihm und setzte dann hinzu: „Wenn Sie wirklich glauben, dass es kein Unfall war, würde ich mich an Ihrer Stelle an diesen Müller halten."

„Eberhard Müller?", wiederholte Gruber.

„Genau der. Der hat nämlich nicht nur einmal öffentlich erklärt, dass Leute wie der Horst hier nichts zu melden hätten."

„Weil er gegen diese Windräder war?"

„Ja. Dabei weiß doch jeder, dass dabei nur ein paar wenige daran verdienen, aber wir alle mehr für den Strom bezahlen müssen."

„Darüber ließe sich diskutieren", sagte Gruber

ausweichend. „Aber deswegen wird so schnell niemand handgreiflich."

„Ich sage nur, wie es ist. Sonst noch was?"

Gruber schüttelte den Kopf und blickte fragend zu Bischoff.

„Wie intensiv war denn Ihr Verhältnis zu Herrn Grabowski?", sagte Bischoff.

„Spielt das jetzt noch eine Rolle?"

„Durchaus. Vor allem in Bezug auf Ihren Mann."

„Wir haben uns ein oder zwei Mal die Woche gesehen, öfter nicht. Und was meinen Mann angeht: Er hat davon gewusst und es akzeptiert. Also suchen Sie woanders, wenn Sie schon müssen."

„Für einen guten Rat sind wir immer dankbar", sagte Gruber, griff nach dem Arm seiner Kollegin und wandte sich zum Gehen. „Und vielen Dank für Ihre Mühe."

„Ganz schön abweisend, die Dame", sagte Bischoff, als sie wieder auf dem Gehsteig standen.

Gruber nickte nur.

„Was stört dich an der Unfallversion eigentlich so?", fragte Bischoff dann auf halbem Weg zur Alpenrose. „Vorausgesetzt, die Obduktion ergibt nichts Auffälliges. Er kann doch einfach nur gestolpert, ausgerutscht und ins Wasser gefallen sein."

Gruber kratzte sich am Kinn und schniefte. Er wusste selbst nicht genau, was ihn dazu antrieb, ja nichts außer Acht zu lassen. Oder etwa doch? „Du kannst dich sicher an meinen kleinen Nachtspaziergang vor gut drei Jahren erinnern", sagte er dann. „Du weißt schon, als ihr beide, du und Schott, mich am Mühlbach unten aufgelesen und davor bewahrt habt, zum Gespött der Stadt zu werden."

„Allerdings ..."

„Nun ja, da bin ich auch gestolpert. Genauer gesagt, hat es mich regelrecht umgehauen, und das sogar zweimal hintereinander, wenn ich mich recht erinnere. Und weißt du, was passiert ist? Ich bin beide Male mitten auf dem Weg gelandet und da auch liegengeblieben, obwohl die Verhältnisse ähnlich waren wie an der Stelle dort oben, wo der Grabowski ins Wasser gefallen ist. Und dabei war ich stockbesoffen und nicht nur angeheitert wie der Grabowski."

Bischoff warf ihm einen skeptischen Blick zu.

Gruber grinste. „Ja, ich weiß, der Grabowski war groß und schlank, und ich bin eher klein und habe Übergewicht. Aber die Schwerkraft gilt in beiden Fällen, würde ich sagen."

„Na ja, vielleicht hast du ja Recht ... Was macht dein Freund Schott eigentlich jetzt, du hast mir schon lange nichts mehr von ihm erzählt? Ist er noch in Berlin?"

„Im Augenblick ja, soviel ich weiß. Aber er hat seit gut einem Jahr eine Freundin in London, bei der er sich jetzt häufig aufhält."

„London!" Bischoff stieß einen kleinen Seufzer aus. „Der hat's gut …"

„Kann schon sein … Aber um noch mal auf meine Frage von vorhin zurückzukommen: Hast du es jemals bereut, dass du dich nach Traunstein hast versetzen lassen?"

„Wie kommst du denn darauf, dass ich es bereut haben könnte?"

„Nur so. Immerhin hast du es nicht immer gerade leicht mit mir gehabt. Und die Provinz ist bekanntlich auch nicht jedermanns Sache …"

„Ich weiß nicht. Kommt darauf an, würde ich sagen. Was dich angeht, bestimmt nicht …"

„Aber?"

Bischoff blieb stehen und blickte auf die Traun hinab. „Weißt du, was ich gerne mal machen würde? Kanufahren …"

Gruber begriff, dass sie nicht auf seine Frage eingehen wollte und nickte nur. An der Alpenrose angekommen, stiegen sie wortlos in ihre Autos und fuhren los.

11

Die Firma, in der Martin Herzog beschäftigt war, befand sich mitten im Gewerbegebiet Haslacher Feld, ein gelber, zweistöckiger Bau aus Glas und Metall mit einem weitläufigen Parkplatz davor. Gruber und Bischoff stellten ihre Autos auf dem Parkplatz ab und betraten das Gebäude. An der Kasse warteten bereits mehrere Kunden, und auch zwischen den mit Autoersatzteilen vollgestopften Regalen war einiges los. Gruber drängte sich wortlos vor und fragte die mürrisch dreinblickende Kassiererin, ohne sich dabei vorzustellen, wo er Martin Herzog finden könne.

„Der ist nicht da, glaube ich …“, war die Antwort.

„Und wieso nicht? Er arbeitet doch hier, oder etwa nicht?“

„He, Meister, jetzt mal langsam“, meldete sich einer der Kunden, ein jüngerer Mann in speckigen Lederklamotten, zu Wort. „Wir sind auch noch da …“

„Ich hab's gleich“, erwiderte Gruber.

„Da müssen S' den Chef fragen, hinten im Büro“, sagte die Kassiererin.

Gruber und Bischoff gingen zum Chef. Dieses Mal zückte Gruber seinen Ausweis, gab aber keinen Grund für seine Nachfrage an. Der Chef, ein schlaksiger Enddreißiger mit pechschwarzem Haar und Koteletten, die Gruber an Elvis Presley erinnerten, sagte ihnen, dass Herzog sich vor etwa einer halben Stunde krankgemeldet habe, ohne genauer anzugeben, was ihm fehlen würde. Er gab ihnen noch die Nummer von Herzogs Mobiltelefon, doch als Gruber versuchte, den Mann zu erreichen, landete er auf der Mailbox. Er erkundigte sich bei der Auskunft nach Herzogs Festnetznummer in Siegsdorf und versuchte es bei Hedwig Herzog. Die Frau war nach dem zweiten Klingelton am Apparat.

„Ja …?"

„Hier Gruber, Kripo Traunstein. Wir haben eben erfahren, dass Ihr Mann sich krankgemeldet hat. Seltsam, nicht?"

„Haben Sie schon versucht, ihn telefonisch zu erreichen?"

„Versucht ja. Was für einen Wagen fährt er denn?"

„Einen alten Audi …"

„Kennzeichen?"

„Warten Sie einen Moment …"

Die Frau gab Gruber das Kennzeichen durch und sagte: „Vielleicht ist er ja wirklich krank und musste zum Arzt. Unser Hausarzt ist der Doktor Nickel hier in Siegsdorf, aber der ist gerade im Urlaub, soviel ich weiß."

„Gut. Hat er Verwandte oder Freunde in der Gegend?"

„Er hat einen Bruder in Inzell, sonst wüsste ich niemanden. Aber ich bin sicher, das hat nichts zu bedeuten."

„Hoffentlich."

Gruber behielt sein Handy in der Hand und blickte fragend zu Bischoff.

„Vielleicht war er so naiv und hat geglaubt, der Arzt kommt einfach, stellt den Totenschein aus und die Sache ist damit erledigt", sagte Bischoff schließlich mit nachdenklicher Miene.

„Kann sein", erwiderte Gruber. „Oder er ist abgehauen, weil er weiß, dass wir wissen, dass er ein Motiv gehabt hätte, aber jetzt ohne Alibi dasteht, nachdem seine Frau die halbe Nacht in Altenmarkt verbracht hat."

„Heißt das etwa, du willst keine Fahndung nach ihm einleiten?"

„Jetzt schon? Wäre ein bisschen übertrieben, findest du nicht? Ich meine, vielleicht hat er einfach nur die Nerven verloren, wäre doch möglich, oder?"

„Na ja …"

„Ich gebe eine Meldung raus, dass die Kollegen nach seinem Wagen Ausschau halten, einverstanden?"

„Wie du meinst."

Gruber begleitete Bischoff zu ihrem Roadster. „Fahr du schon mal ins Büro", sagte er. „Ich schaue mich noch mal in aller Ruhe bei dem Grabowski um."

12

Gruber wartete, bis Bischoff in ihren Wagen gestiegen und weggefahren war. Dann setzte er sich ans Steuer seines Peugeot und fuhr ebenfalls los. Mit Martin Herzogs offensichtlicher Flucht war zwar Bewegung in den Fall gekommen, aber Gruber mochte nicht so recht daran glauben, dass sie ihren Täter damit schon im Sack hatten. Falls es überhaupt einen Täter gab. Zumal er schon öfter erlebt hatte, dass Leute unter Verdacht die dümmsten Sachen anstellten, nur weil sie der Situation nicht gewachsen waren. Zwanzig Minuten später stapfte er erneut den Wanderweg zu der Unfallstelle hinauf, an der sich mittlerweile ein paar Neugierige eingefunden hatten. Ein etwa siebzigjähriger Mann mit Hut und Gehstock erkannte ihn und hob grüßend die Hand.

„Herr Kommissar …“

Gruber nickte nur, ignorierte die fragenden Blicke und ging weiter. Bei Grabowskis Haus angekommen, blieb er in der Einfahrt stehen und schaute sich prüfend um. Das Haus lag verwaist da, keine Autos davor geparkt, keine Spur von dem Neffen oder der Haushälterin. Er trat an die Haustür und drückte auf die Klinke. Zugesperrt. Er klopfte ein paar Mal dagegen und schaute dann durch ein Fenster ins Wohnzimmer, aber nichts tat sich. Also ging er zurück zum Wanderweg und weiter den dicht bewaldeten Hügel hinter dem Haus hinauf, um sich von dort oben einen Überblick zu verschaffen.

Doch so leicht, wie Gruber sich den Aufstieg vorgestellt hatte, wurde es nicht. Schon nach wenigen Metern verengte sich der Weg und ging kurz darauf in einen holprigen, ziemlich steil ansteigenden Pfad über, so dass er an manch einer Stelle Mühe hatte, das Gleichgewicht zu wahren. Am Rande einer fast senkrecht abfallenden Lehmwand, fünf oder sechs Meter über dem Bachbett, blieb er stehen, stützte sich an einem Fichtenstamm ab und atmete ein paar Mal tief durch. Schimpfte wieder einmal mit sich selbst, dass er jeder Art von Sport bislang aus dem Weg gegangen war. Und so dauerte es fast weitere zehn Minuten, bis er die Hügelkuppe erreicht hatte, wo er neben einem Holzlagerplatz einen ausgefahrenen Forstweg vorfand, der auf die andere Seite des Hügels hinabführte. Ein zweiter Weg führte links von ihm weiter in den Wald und verlor sich nach etwa fünfzig Metern im Gebüsch. Er setzte sich auf einen halbwegs trockenen Baumstumpf und überlegte, wie Herzog – oder wer auch immer – es geschafft haben könnte, unbemerkt durch die Gegend zu schleichen und sich in dem Schuppen zu verstecken, um Grabowski dort aufzulauern. Um elf nachts war Siegsdorf um diese Jahreszeit vermutlich wie ausgestorben, und als Ortskundiger wusste der Täter natürlich auch, welchen Weg er einschlagen müsste, um möglichst niemandem zu begegnen. Technisch wär's also durchaus machbar gewesen, sagte sich Gruber, ehe er sich ein Stück nach links drehte und auf den Forstweg blickte. Es sei denn, der Täter war von hier oben gekommen. Hatte hier oben seinen Wagen geparkt und war dann den Weg hinab zu dem Schuppen gegangen.

Er unterdrückte einen Niesreiz und holte sein Taschentuch hervor, um sich die Nase zu putzen. Gleichzeitig spürte er, dass er nicht mehr allein hier oben war. Er ließ sich nichts anmerken, schlug nur beiläufig seinen Mantel zurück, um leichter an die Heckler & Koch an seiner Hüfte zu kommen. Er horchte sekundenlang angestrengt, vernahm schließlich hinter seinem Rücken das Knacken eines Zweigs. Als er gerade aufstehen wollte, erschallte hinter ihm eine kräftige Männerstimme:

„Glauben Sie wirklich, dass Sie Ihren Mörder mitten im Wald finden, Herr Kommissar?"

Gruber erhob sich und wandte sich zu dem Sprecher um. Vor ihm stand ein waidmännisch gekleideter, etwa fünfzigjähriger Mann, die Hände in den

Jackentaschen, und blickte ihn leicht belustigt an. Es war Eberhard Müller. Gruber hatte sein Bild oft genug in der Zeitung gesehen. Ein Biobauer und Grüner, der es geschafft hatte, dass die Schwarzen rot sehen, wie es ein Lokaljournalist mal ausgedrückt hatte. Ein Mann, der trotz seiner etwas undurchsichtigen Vergangenheit ungemein beliebt bei der Bevölkerung war. Vielleicht auch, weil er hier aufgewachsen war und trotz aller Eskapaden seine bäuerliche Herkunft nie verleugnet hatte.

„Und was glauben Sie, hier zu finden, Herr Müller?“, fragte Gruber zurück. „Und woher wollen Sie überhaupt wissen, dass es einen Mörder gibt?“

„War nur so eine Redensart …“

„So, so. Und natürlich sind Sie auch rein zufällig hier raufgekommen, oder wie?“

Müller schüttelte den Kopf. „Das nicht gerade. Aber als Mitglied bei der Freiwilligen Feuerwehr kriegt man eben so manches mit. Und wie ich vorhin vom alten Haslinger erfahren habe, dass Sie hier rauf sind, dachte ich mir, ich könnte Ihnen vielleicht ein bisschen Gesellschaft leisten.“

„Da müssen Sie sich aber ganz schön beeilt haben.“

„Schon, aber wenn's einer guten Sache dient …“

„Ach so?“

„Klar doch … Was ist, laufen wir ein Stück? Wir

könnten runter nach Öd gehen, da kann uns dann der Schmid-Heini, ein guter Freund von mir, zum Haus vom Grabowski zurückbringen."

„Warum nicht?", erwiderte Gruber, und sie setzten sich in Bewegung.

„Ich habe auch schon gehört, dass Sie beim Martin waren", sagte Müller, sowie es wieder leicht bergab ging. „Aber der bringt niemanden um. Nicht mal, wenn er einen Grund dazu hätte."

„Dann müssen Sie ihn aber gut kennen?"

„Tu ich."

„Und wie erklären Sie sich dann, dass er seit heute Morgen spurlos verschwunden ist?"

„Echt?" Müller hielt inne und blickte Gruber verblüfft an.

Gruber nickte nur.

„Wahrscheinlich nur eine Panikreaktion", sagte Müller dann beim Weitergehen. „Würde mir wahrscheinlich ebenso ergehen …"

„Ich werd's mir merken."

„Aber ich hätte da einen anderen Tipp für Sie …"

„Aha. Deswegen sind Sie mir also nachgestiegen?"

„Genau. Aber nicht, dass Sie jetzt denken, ich bin einer, der gerne andere Leute anschwärzt. Aber ich finde, die Sache muss so schnell wie möglich vom Tisch. Ich sehe nämlich schon die Schlagzeile vor mir: Gegner von Windpark-Projekt tot aufgefunden. Unfall oder Mord?“

„Und das würde gar keinen guten Eindruck machen und die Situation noch weiter zuspitzen, richtig?“

„Sie sagen es.“

„Also dann, ich bin ganz Ohr. Aber vorher verraten Sie mir doch bitte, wo Sie sich gestern Abend so zwischen zweiundzwanzig Uhr und ein Uhr früh aufgehalten haben?“

Müller blieb erneut abrupt stehen. „Ich?“, fragte er mit einer Unschuldsmiene.

Gruber nickte. „Ja, Sie. Oder meinen Sie, weil Sie quasi eine öffentliche Person sind, sind Sie automatisch nicht verdächtig?“

„Na ja, seit ich geschieden bin und mein Sohn im Frühjahr ausgezogen ist, lebe ich wieder allein auf meinem Hof.“

„Mit anderen Worten: Sie haben kein Alibi?“

Sie gingen weiter, der Wald lichtete sich und sie konnten die Straße im Tal unten sehen.

„So ist es“, sagte Müller dann. „Ich habe kein Alibi. Wie schätzungsweise neunzig Prozent aller Menschen, die allein leben, für diese Tages- respektive Nachtzeit.“

„Na schön, und wer ist nun dieser andere?“

„Also, die Frau vom Martin, die Hedwig, die hat vor zehn oder elf Jahren eine Affäre mit einem Mann im Dorf gehabt, der nie darüber hinweggekommen ist, dass ihm die Frau nach ein paar Monaten den Laufpass gegeben hat."

„Interessant. Und wer ist dieser Unglücksrabe?"

„Eigentlich ist er auch von hier, der Günther. Günther Reitinger. War aber schon immer ein Sonderling, der nirgends mitgemacht hat. Aber seine Eltern haben ihm ein bisschen Geld hinterlassen, und so hat der Junior machen können, was er wollte, seitdem er sein Theologie-Studium abgebrochen hat. Und wie die Rede geht, hat er wegen dieser Sache auch einen Selbstmordversuch hinter sich."

„Zehn Jahre sind eine lange Zeit …", warf Gruber ein.

„Klar, das schon, aber das Beste kommt ja erst: Ein Bekannter von mir hat ihn nämlich erst vor ein paar Wochen dabei beobachtet, wie er sich im Wald hinter der Grabowski-Villa herumgetrieben hat, mit einem Fernglas in der Hand."

„Das wird ja immer interessanter …"

„Sage ich doch."

Gruber lächelte böse. „Ich meine eher, das mit Ihrem Bekannten. Was hat der denn dort gemacht, auch den Grabowski ausspioniert, vielleicht sogar in Ihrem Auftrag?"

Müller blieb zum dritten Mal stehen. Sein Blick drückte Empörung aus. „Das finde ich jetzt aber gar nicht lustig, Herr Kommissar."

„Ich bin auch nicht da, um Sie zum Lachen zu bringen", erwiderte Gruber. „Höchstens vor Gericht." Nach diesen Worten machte er kehrt und ließ Müller einfach stehen.

13

Gruber hatte sein Büro kaum betreten, da stand Bischoff auch schon in der Tür. „Er war tatsächlich beim Arzt“, sagte sie. „Bei der Vertretung von diesem Dr. Nickel, einem Dr. Burger in Eisenärzt. Hat sich ein Beruhigungsmittel verschreiben lassen und ist dann wieder weg. Sein Handy hat er inzwischen übrigens ausgeschaltet, also keine Möglichkeit, ihn zu orten.“

Gruber nickte nachdenklich. „Und was schließen wir daraus?“, fragte er nach einer Pause.

Bischoff lächelte wissend. „Vielleicht eine ganze Menge. Ich war nämlich nochmals in seiner Firma, während du dich sonst wo herumgetrieben hast. Und was denkst du, was ich erfahren habe?“

Gruber stieß einen Seufzer aus. „Bitte, Ulrike, jetzt keine Fragespielchen ...“

„Er hat ein Problem mit geschlossenen Räumen. Oder anders gesagt: Er ist wohl nicht direkt klaustrophob, aber er hat so eine Marotte, dass er immer genau wissen muss, wie und wo er rauskommt. Seine Frau hat es mir gerade bestätigt.“

„Also könnte es sein, dass er schlicht und einfach Angst hat, in U-Haft und damit in eine Zelle zu kommen?“

„Genau. Kommst du, die Werner wartet schon.“

Gruber folgte Bischoff in das Büro der Staatsanwältin, setzte sich und rieb sich verlegen die Hände.

„Dieser Herr Herzog könnte aus subjektiver Sicht also durchaus gute Gründe haben, sich dem Zugriff zu entziehen", sagte die Staatsanwältin, nachdem sie eine Akte beiseitegelegt und ihre Brille abgenommen hatte.

„Allerdings", gab Gruber zu.

„Und was haben Sie bis jetzt unternommen?"

„Wir lassen sein Haus und das Haus seines Bruders in Inzell überwachen", erwiderte Bischoff. „Weit kommt er nicht …"

„Es sei denn, er versucht über die Grenze nach Österreich zu entkommen?"

„Dann sammeln ihn eben die Österreicher ein", sagte Gruber.

„So, meinen Sie?" Die Staatsanwältin lächelte verhalten. „Wenn die hören, dass Sie beide den Fall bearbeiten, geben sie ihm eher freies Geleit in ein Land seiner Wahl und noch Geld dazu."

Gruber nickte nur, sekundenlang von bösen Erinnerungen geplagt. Aber es stimmte schon: Seit er seinen Salzburger Kollegen und vermeintlichen Freund Edwin Schmidinger als zutiefst korrupt und Drahtzieher zweier Morde entlarvt hatte und anschließend nicht darauf eingegangen war, die Sache zu vertuschen, waren ihre Beziehungen zu den Behörden des Nachbarlandes etwas angespannt.

„Und sonst?", fragte die Staatsanwältin. „Haben wir noch weitere Erkenntnisse?"

„Ich habe noch ein bisschen recherchiert, was diesen Windrad-Menschen, diesen Eberhard Müller, betrifft", sagte Bischoff.

„So? fragte Gruber verwundert. „Dass er mal ein ziemlicher Chaot war, ist doch allgemein bekannt."

„Das schon, aber ziemlicher Chaot ist dabei ziemlich milde ausgedrückt. Tatsache ist, dass er in den achtziger Jahren in diverse Aktionen verwickelt war, die ihm zwei Vorstrafen wegen Sachbeschädigung und Widerstands gegen die Staatsgewalt eingebracht haben. Alles zwar nur auf Bewährung, aber immerhin. Außerdem wurde er eine Zeitlang vom BKA überwacht, weil er im Verdacht stand, 1988 an dem Brandanschlag auf die deutsche Filiale eines Schweizer Lebensmittelkonzerns beteiligt gewesen zu sein. Mit anderen Worten: für den Mann ist Gewaltanwendung nichts Ungewöhnliches."

„Schau an. Deswegen hat er also so einen Wind gemacht."

„Was meinst du damit?" Bischoff blickte Gruber verständnislos an. „Hast du etwa mit ihm gesprochen?"

„Allerdings." Gruber erzählte mit knappen Worten von seiner Begegnung mit Müller und dessen Hinweis auf diesen Reitinger.

„Ein eifersüchtiger Ehemann, ein verschmähter Liebhaber und ein militanter Öko-Bauer, der aus Sorge um unsere Umwelt möglicherweise über Leichen geht“, sagte Dr. Werner dann in die unvermutet eingetretene Stille. „Kein schlechtes Trio, das Sie mir da anbieten. Und wie wollen Sie jetzt weiter vorgehen?“

„Diesen Reitinger sparen wir uns für morgen auf“, erwiderte Gruber mit Blick zu Bischoff. „Und was den Müller betrifft, wüsste ich nicht, was wir im Augenblick groß unternehmen könnten. Dass er unter diesen Umständen von sich abzulenken versucht, können wir ihm schlecht übel nehmen. Das würde jeder andere an seiner Stelle auch machen.“

Die Staatsanwältin nickte nur.

Bischoff jedoch verzog das Gesicht. „Ich würde diesen Müller nicht so schnell abhaken. Ich meine, wenn an dieser Windpark-Geschichte wirklich so viel dranhängt, dann könnte es doch sein, dass Grabowski vielleicht nur gewarnt werden sollte. Dass ihm klargemacht werden sollte, dass er sich da raushalten soll, dass er seinen Widerstand gegen das Projekt aufgeben soll. Und was wäre da besser geeignet als ein kleiner Schubs aus dem Hinterhalt in den eiskalten Bach. Grabowski weiß Bescheid, und der Müller weiß, dass ihm nicht viel passieren kann, weil es mit Herzog und Reitinger ja noch zwei weitere Personen gibt, die auf Grabowski schlecht zu sprechen sind. Dass Grabowski dabei gleich ertrinkt, war halt Pech. Oder auch nicht."

„Wenn es wirklich aus dieser Richtung kommt, könnte es natürlich auch sein, dass er jemanden damit beauftragt hat", sagte die Staatsanwältin.

„Dann hätte er sich aber um ein Alibi bemüht, würde ich sagen …", wandte Gruber ein.

„Das glaube ich auch", meinte Bischoff. „Abgesehen davon schätze ich den Mann aufgrund seiner Vorgeschichte so ein, dass er weiß, dass man solche Sachen am besten selbst erledigt. Dann gibt es niemanden, der umfallen könnte, wenn's eng werden sollte, oder dem es einfallen könnte, später als Erpresser aufzutreten."

„Hm, hat was für sich …"

Das Telefon auf Dr. Werners Schreibtisch klingelte. Die Staatsanwältin hob ab. Sie sagte: „Ja? … Ja, richtig … Ja, vielen Dank … Nein, wir melden uns dann morgen bei Ihnen. Auf Wiederhören."

Sie legte auf und blickte die Beamten an. „Das war ein Dr. Wittenstock aus Traunstein. Er sagt, er ist der Anwalt von Herrn Grabowski und wollte wissen, wie der Stand der Ermittlungen ist. Und er hat gefragt, ob ihr euch morgen mit ihm treffen könnt, in der Villa vom Grabowski? Scheinbar gibt es da ein paar geschäftliche Probleme."

„Wann?", fragten Gruber und Bischoff gleichzeitig.

„Um zehn."

„Geht klar", sagte Gruber.

„Hat der Grabowski eigentlich ein Testament hinterlassen?", wollte die Staatsanwältin noch wissen.

Gruber schüttelte den Kopf. „Wissen wir noch nicht. Darum wollte sich sein Neffe kümmern …"

14

„Was sagst du da?" Schwab wäre fast der Hörer aus der Hand gefallen, so schwach fühlte er sich plötzlich. Er lehnte sich mit dem Rücken gegen die Wand und atmete einmal tief durch.

„Ich wollte es erst selbst nicht glauben", sagte Oliver weiter, „aber es stimmt, die Bullen suchen nach dir."

„Und wieso?"

„Irgendwas mit Drogen, habe ich gehört …"

„Und was hast du ihnen gesagt?"

„Nichts natürlich, was hätte ich ihnen denn schon sagen können. Aber jetzt sag du endlich mal, was Sache ist …"

„Kann ich nicht, ehrlich. Aber was immer die Bullen über mich erzählen, es stimmt nicht, mein Wort drauf. Also macht euch keine Sorgen, du und Frankie. Ich komme schon klar."

„Heißt das, du kommst nicht zurück, oder wie soll ich das verstehen?"

„Ich melde mich wieder, okay?"

Schwab legte den Hörer auf und stieß sich von der Wand ab. Er lief ein paar Schritte auf und ab, ließ sich dann auf die Bank gegenüber fallen, den Kopf gesenkt, die Hände im Schoß gefaltet. Er war total verwirrt. Wie konnte es sein, dass jetzt auch noch die Bullen hinter ihm her waren? Dafür gab es eigentlich nur eine Erklärung: Diese BMW-Typen waren aufgeflogen, hatten ausgepackt und ihm den Mord und weiß Gott noch alles angehängt. Aber vielleicht hatte die Polizei auch sein Fluchtmanöver an dieser Kreuzung mit dem Toten in Verbindung gebracht? Auffällig genug war sein Verhalten ja gewesen! Mist, verdammter. Wieso hatte er sich auch nicht die Zeit genommen, seine Fingerabdrücke an der Leiche und dem Ford abzuwischen! Andererseits, wäre er auch nur ein paar Sekunden länger dort geblieben, hätten ihn diese BMW-Typen nur aufsammeln müssen. Dann müsste er sich jetzt vermutlich um gar nichts mehr Sorgen machen.

Er blickte auf und fixierte den Telefonapparat. Wie lange würden die Bullen brauchen, um die Nummer zurückzuverfolgen? Dass Oliver dichthalten würde, glaubte er nicht. Jedenfalls nicht auf Dauer, und schon gar nicht bei den Schauergeschichten, die man vielleicht noch über ihn erzählen würde. Also musste er weg von hier, und zwar so schnell wie möglich. Entweder das oder er stellte sich freiwillig und erzählte seine Version. Doch wer würde ihm jetzt noch glauben, mit dem Geld in seiner Hand.

Er erhob sich ungelenk und wankte mit unsicheren Beinen zum Lift. Fand mit Mühe zurück in sein Zimmer im zweiten Stock, wo Schwester Irina auf ihn wartete und mit ungehaltenem Blick musterte.

„Sie sollten doch im Bett bleiben“, sagte sie mit scharfer Stimme.

Schwab winkte ab, öffnete die Schranktür und zerrte seine Tasche hervor. Die Schwester griff nach seinem Arm.

„Mein Gott, Sie sind ja ganz verschwitzt“, sagte sie. „Geht's Ihnen nicht gut?“

„Doch, doch“, murmelte Schwab vor sich hin. „Aber ich muss weg.“

„Jetzt? Aber der Arzt hat doch gesagt …“

„Der Arzt hat gesagt, ich kann gehen, wann ich will“, unterbrach Schwab die Schwester und warf seine Tasche aufs Bett. Seine Gedanken rasten. Wenn er wenigstens ein Fahrzeug gehabt hätte, aber so. Zu Fuß würde er in seinem Zustand nicht weit kommen, soviel stand fest. Ihm war jetzt schon ganz komisch im Kopf. Und wohin auch? Er war fremd hier, und bei den Autovermietungen würden die Bullen als Erstes nachfragen. Er überlegte erneut, ob er sich nicht doch einfach stellen sollte. Vielleicht gab es doch noch eine Möglichkeit, die Sache geradezubiegen. Aber irgendetwas in ihm weigerte sich aufzugeben. Suchte nach einer Chance, zu retten was noch zu retten war. Er sah sich die Schwester zum ersten Mal genauer an. Ein knochiges Ding von vielleicht Ende zwanzig mit spitzem Gesicht und dünnem, knapp schulterlangem Haar. Nicht gerade eine Schönheit, aber schließlich suchte er nichts fürs Bett, sondern einen Ort, wo er vorerst bleiben könnte. Und falls die Story von ihrem Bruder wirklich stimmte, war sie vielleicht seine Chance.

„Ich habe eben erfahren, dass ich in Schwierigkeiten stecke", sagte er, während er seine paar Sachen in die Tasche packte. „Genauer gesagt, dass die Bullen hinter mir her sind."

„Ich dachte, Sie sind bei der Feuerwehr?"

„Bin ich auch, schon seit über acht Jahren. Dadurch bin ich ja auch in den Scheiß reingeraten, wenn Sie's genau wissen wollen …"

„Was für einen Scheiß denn?"

„Ich habe Geld mitgehen lassen, blöderweise. Aus der Wohnung eines Drogendealers. Habe gedacht, das fällt niemandem auf, nachdem die Wohnung halb ausgebrannt war. Aber irgendwie haben die Bullen davon erfahren, und nachdem ich der Letzte war …"

Die Frau blickte ihn überrascht an, zeigte aber keinerlei Zeichen von Abweisung. Nach einer Pause fragte sie ganz sachlich: „Und wie viel war das?"

„Nicht so viel. Aber Sie können fünftausend davon haben, wenn Sie mir helfen."

„Ich Ihnen helfen? Wie denn?"

„Ich brauche eine Bleibe. Irgendwo, wo mich keiner vermutet. Nur für ein paar Tage. Bis ich weiß, wie ich weiterkomme."

„Und wieso gerade ich?"

„Ich kenne sonst niemanden. Und nachdem, was Sie mir von Ihrem Bruder erzählt haben, dachte ich, Sie hätten vielleicht Verständnis für meine Lage …"

Schwab stockte. Vergiss es, dachte er.

„Und wieso übergeben Sie das Geld nicht einfach der Polizei, wenn's eh nicht viel war, wie Sie sagen? Und ersparen sich den ganzen Ärger."

Schwab schüttelte den Kopf. „Würde ich ja gerne. Aber ich fürchte, jetzt wissen auch die Freunde von diesem Dealer Bescheid, und wenn die mich in die Finger kriegen, machen die Hackfleisch aus mir …"

Die Krankenschwester blickte kurz zur Tür, dann wieder zu Schwab. „Zehntausend", sagte sie dann. „Und jetzt gleich."

Schwab schluckte schwer. „Und dann?"

„Dann kannst du meinen Wagen haben und zu mir nach Hause fahren. Ich wohne nur ein paar Straßen entfernt von hier, in so einer Siedlung am Friedhof. Da sehen wir dann weiter."

„Okay …“ Schwab wandte der Schwester den Rücken zu, griff in seine Tasche und holte zwei der Geldbündel heraus.

15

„Wieso hast du eigentlich gesagt: ausgerechnet da?“, fragte Bischoff, kaum dass sie Platz genommen und nach dem Sicherheitsgurt gegriffen hatte.

Gruber legte den Gang ein und fuhr wieder los. Er sagte: „Weil sich auf der Pfannlochbrücke vor rund fünfzig Jahren ein Mordfall ereignet hat, der so was von brutal und menschenverachtend war, dass man es kaum glauben kann.“

„Auf einer Brücke? Erzähl …“

„Na ja, da hat so ein junger Typ aus der Nähe von Reichenhall seine Frau, die auch noch schwanger von ihm war, von der Brücke in die Schlucht gestoßen. Und zwar aus dem einfachen Grund, weil ihm eine Scheidung zu teuer gekommen wäre, wie er vor Gericht dann ganz offen ausgesagt hat. Also hat er die arglose Frau unter einem Vorwand dorthin gelockt, hat erst mit einem Stein auf sie eingeschlagen und dann über die Brüstung in die Tiefe geworfen.“

„Wahnsinn. Und wie wollte er damit durchkommen?“

Gruber bog in die Rosenheimer Straße ein und hoffte, dass nicht wieder alle Ampeln auf rot standen. „Darüber hat er sich anscheinend erst Gedanken gemacht, nachdem die Frau schon tot war“, sagte er. „Jedenfalls ist er anschließend wieder nach Hause gefahren, hat ihren gemeinsamen, nicht mal ein Jahr alten Sohn aus dem Bett geholt, ist wieder zur Brücke und hat den Kleinen ebenfalls hinuntergeworfen. Um so einen Selbstmord der Frau vorzutäuschen, die ihr Kind mit in den Tod genommen hätte."

„Großer Gott …"

„Ja, und stell dir vor, zwischendurch hat er noch Zeit gefunden, um sich mit einer Frau zu treffen. Ein Don Juan, der zum Mörder wurde, hat dann auch die Zeitung geschrieben."

Bischoff blickte kopfschüttelnd in den grauen Tag hinaus. „Und wie ist die Sache dann ausgegangen?", fragte sie, nachdem Gruber in die Blaue-Wand-Straße eingebogen war und das Blaulicht aufs Wagendach gesetzt hatte.

„Er hatte einen Komplizen, der ihm auch ein Alibi verschaffen sollte. Zum Glück waren die zwei so selten blöd, dass sich ihre Aussagen gleich zu Beginn widersprochen haben."

„Und?"

„Der Scheißkerl hat zweimal lebenslänglich bekommen, sein Komplize zehn Jahre …"

„Weiß man, was aus den beiden geworden ist?"

Gruber winkte ab. „Keine Ahnung. Hat mich auch nie interessiert, ehrlich gesagt."

Den Rest der Fahrt über schwiegen sie, jeder hing seinen Gedanken nach. Gruber blickte trübsinnig auf die Straße und hoffte inständig, dass sie nicht zu spät kamen. Sie passierten Inzell, und kurz nach Weißbach hatten sie den Stau, der sich infolge der Sperrung der Brücke gebildet hatte, auch schon vor sich. Gruber lenkte auf die Gegenfahrbahn und trat wieder aufs Gas. Das Blaulicht scheuchte die paar Fahrer, die um ihre Autos herumstanden und debattierten, rasch beiseite. Am Mauthäusl angekommen, fuhr er durch eine Lücke zwischen den wartenden Fahrzeugen auf den Parkplatz des Gasthauses und hielt an. Sie stiegen aus und blickten zu dem Streifenpolizisten, der auf sie zugeeilt kam.

„Und, wie sieht's aus?", fragte Gruber.

„Wir warten noch auf den Psychologen …", erwiderte der Mann.

Gruber verzog das Gesicht, sagte aber nichts. Sie gingen mit dem Polizisten zur Brücke vor, auf deren Mitte Herzog auf der rechten Brüstung saß, mit dem Rücken zur Fahrbahn, die Hände auf die Mauer gestützt. Vor und hinter der Brücke drängten sich die Insassen der blockierten Autos und beobachteten das Geschehen, mühsam zurückgehalten von einer Handvoll Streifenpolizisten.

„Und, was verlangt er?", fragte Bischoff.

„Bis jetzt nichts, das ist ja das Komische“, erwiderte der Streifenpolizist. „Er hat nur gedroht, dass er springt, wenn ihm einer zu nahe kommt.“

Gruber schüttelte den Kopf. „Der Mann kann jeden Augenblick das Gleichgewicht verlieren, sehen Sie das nicht? Ich rede mal mit ihm. Und halten Sie die Leute mehr zurück.“

„Wenn Sie näher kommen, springe ich …“, rief ihm Herzog, ein dünner, unscheinbar wirkender Mann um die Mitte vierzig, bekleidet mit einer blauen Windjacke und Jeans, mit wildem Blick zu.

„Okay, dann sagen Sie mir, was das hier soll“, erwiderte Gruber und blieb stehen.

„Ich habe den Grabowski nicht ertränkt …“

„Das hat auch niemand behauptet.“

„Was?“

„Sie haben richtig gehört.“

„Und warum sind Sie dann hinter mir her?“

„Schon wieder falsch. Niemand ist hinter Ihnen her. Wir hätten nur ein paar Fragen an Sie, mehr nicht. Aber leider haben Sie es ja vorgezogen, den Verdächtigen zu spielen.“

„Ich geh nicht ins Gefängnis. Lieber spring ich …“ Herzog beugte sich leicht vor, sein Oberkörper schaukelte gefährlich hin und her. Gruber erkannte, dass er keine Zeit zu verlieren hatte. Nur ein Moment der Unachtsamkeit, der Schwäche oder auch nur ein Windstoß aus einem ungünstigen Winkel, und der Mann fiele kopfüber in die Schlucht. Er musste eine Entscheidung treffen. Jetzt und sofort. Er blickte fragend zu Bischoff.

„Wir müssen ihn da runterholen“, sagte er leise, „und zwar sofort ...“

„Ist mir klar. Sag ihm einfach, dass er nichts zu befürchten hat“, flüsterte sie ihm zu.

„Aber ...“

„Was aber? Wenn er unschuldig ist, wird er darauf einsteigen. Wenn nicht ...“ Bischoff zuckte mit den Schultern.

„Na schön, versuchen wir es.“ Gruber wandte sich wieder zu Herzog und rief: „Das müssen Sie auch nicht, ich meine, ins Gefängnis ... Mein Wort drauf“, setzte er etwas zögerlich hinzu.

„Das Wort eines Bullen ...“

„Genau. Sie sagen uns, was Sie vorgestern Abend gemacht haben, wir nehmen es zur Kenntnis, und die Sache hat sich.“

„Das glauben Sie doch selbst nicht ...“

„Das glaube ich nicht nur, das weiß ich. Also kommen Sie endlich. Sie haben nichts zu befürchten.“

„Dazu haben Sie ja gar nicht die Kompetenz ...“

„Das lassen Sie mal meine Sorge sein“, sagte Gruber und trat einen Schritt näher zu Herzog.

„Also, was ist? Wollen Sie wirklich wegen nichts und wieder nichts sterben?“

Fünf Minuten später saßen sie in der Gaststube der Wirtschaft am Mauthäusl, Herzog eine Wolldecke um die Schultern, und tranken Kaffee, während sich der Verkehr auf der vielbefahrenen Straße wieder normalisierte, die Streifenwagen und die zusätzlich angerückte Feuerwehr wieder wegfuhren.

„Tut mir echt leid, dass ich Ihnen den Ärger gemacht habe“, sagte Herzog mit zerknirschter Miene nach einer Weile, versteckt hinter seiner Kaffeetasse. „Es war eine Kurzschlussreaktion, das müssen Sie mir glauben. Aber ich habe nun mal kein Alibi, und allein schon die Vorstellung, dass ich vielleicht ins Gefängnis muss, hat mich fix und fertig gemacht.“

„Kann ich gut verstehen“, sagte Gruber. „Aber Sie haben uns einen ganz schönen Schrecken eingejagt.“

„Haben Sie die Stelle hier eigentlich absichtlich gewählt?“, fragte Bischoff. „Wegen dieser Geschichte damals?“

Herzog verzog das Gesicht. „Ja. Auch so eine blöde Idee …“ Er blickte zu Gruber: „Heißt das jetzt, Sie nehmen mich wirklich nicht mit?“

Gruber nickte nur.

„Wo haben Sie denn die Nacht verbracht?“, fragte Bischoff weiter. „Wir haben schon befürchtet, Sie hätten sich vielleicht nach Österreich abgesetzt.“

„Ich war bei einem Bekannten in Grassau“, erwiderte Herzog vage.

„Und wie sind Sie dann heute Morgen hierher gekommen?“

„Per Anhalter …“

„Also dann, erzählen Sie mal“, sagte Gruber. „Wie haben Sie den Mittwochabend verbracht?“

„Ganz normal eigentlich. Ich habe bis halb elf ferngesehen und bin dann ins Bett. Möchten Sie wissen, was ich mir angesehen habe?“

Gruber schüttelte den Kopf. „Nicht unbedingt …“ Er grinste kurz. „Es sei denn, Sie haben sich ‚Lie to Me‘ angesehen, die einzige Krimiserie, die mir im Augenblick gefällt.“

Herzog nickte heftig. „Die auch …“

„Na wunderbar. Das spricht schon mal für Sie … Und wann ist dann Ihre Frau nach Hause gekommen?“

„So kurz nach halb drei …“

„Na schön, dann …“

„Ich meine, klar war ich auf den Grabowski sauer“, unterbrach ihn Herzog. „Immerhin hat er mich in diese saublöde Lage gebracht. Aber deswegen bringe ich doch niemanden um.“

„In diese saublöde Lage hat Sie doch wohl eher Ihre Frau gebracht“, sagte Bischoff. Und zu Gruber: „Hat man die überhaupt verständigt?“

„Weiß ich gar nicht. Was macht Ihre Frau eigentlich beruflich, Herr Herzog?“

„Sie hilft dreimal die Woche vormittags im Friseursalon einer Freundin aus.“

„In Siegsdorf?“

„Nein, in Traunstein … Woher wissen Sie eigentlich so genau, dass es kein Unfall war, wenn ich fragen darf?“

Gruber ging nicht darauf ein, und auch Bischoff hielt den Mund. Aber der Mann hatte schon Recht. Das war bis jetzt ihr wunder Punkt bei dieser Geschichte. Es gab bislang keinen eindeutigen Hinweis auf ein Verbrechen. Hoffentlich hatten sie bald das Ergebnis der Obduktion auf dem Tisch.

„Wieso haben Sie sich eigentlich nicht scheiden lassen?“, fragte Gruber, als ihm nichts Besseres einfallen wollte.

Herzog zog den Kopf ein und starrte in eine Ecke. „Die Hedwig war schon immer so“, sagte er dann. „Ich meine, dass sie … dass sie nebenher andere Männer hatte.“

„Aber Sie haben sie trotzdem geheiratet?“, hakte Bischoff nach.

„Na ja, ich habe natürlich gehofft, dass sich das

vielleicht legt, aber …" Herzog rutschte auf seinem Platz hin und her und blickte kurz zum Fenster hinaus. „Offen gesagt, zählt für mich nur, dass sie bei mir bleibt", meinte er schließlich.

„Können Sie sich denn da so sicher sein?"

„Mein Gott, was ist schon sicher?" Herzog schob seine Kaffeetasse über den Tisch, rieb sich die Augen und gähnte verstohlen. „Muss ich dafür eigentlich bezahlen?", fragte er Gruber. „Ich meine, für den Polizei- und Feuerwehreinsatz?"

„Dafür finden wir schon eine Lösung."

„Danke."

„Okay, dann warten Sie bitte kurz mal hier." Gruber erhob sich und bedeutete Bischoff, mit ihm vors Haus zu treten. „Eigentlich haben wir nichts in der Hand gegen ihn", sagte er. „Und das mit seinem Fluchtversuch zerpflückt uns jeder Anwalt in einer Minute."

Bischoff nickte. „Diese Hedwig muss ja Qualitäten haben, von denen ich nur träumen kann."

„Ja, scheint ein richtiger Weibsteufel zu sein. Andererseits macht sie nur das, was umgekehrt einem Mann Bewunderung einbringt. Aber das hilft uns jetzt auch nicht weiter. Bringen wir den armen Kerl erst mal nach Hause und kümmern uns dann um diesen Reitinger."

„Haben wir dafür überhaupt noch Zeit?"

Gruber warf einen Blick auf seine Armbanduhr. Es war kurz vor halb neun. Er nickte. „Das schaffen wir locker …“

Unterwegs erklärte Gruber Herzog, dass er sich zur Verfügung halten müsse und den Landkreis vorläufig nicht verlassen dürfe. Zehn Minuten nach neun standen sie dann vor dem Haus, in dem Reitinger wohnte. Ein großzügig gestaltetes, aber ziemlich heruntergekommenes Einfamilienhaus inmitten eines verwilderten Gartens, hinter dem die Bahnlinie nach Ruhpolding verlief.

16

Der Mann, der ihnen öffnete, war bärtig, trug einen zerschlissenen, rotschwarz karierten Bademantel und sah aus, als sei er soeben aus dem Bett gestiegen. Er schaute die Beamten mit einer Mischung aus Neugier und Ablehnung an. Sein Alter war schwer bestimmbar, Gruber schätzte ihn auf Mitte fünfzig. Er roch nach Zigarettenrauch und altem Schweiß.

„Herr Reitinger?“, fragte Gruber.

Der Mann nickte.

„Kripo Traunstein. Hätten Sie ein paar Minuten Zeit für uns?“

„Schon möglich. Wenn Sie mir sagen, um was es geht …“

„Ich nehme an, Sie haben davon gehört, dass Herr Grabowski vorgestern Nacht tödlich verunglückt ist.“

„Habe ich, ja.“

„Und, was sagen Sie dazu?“

„Was soll ich dazu schon sagen? Wir müssen alle einmal sterben, oder etwa nicht? Und soviel ich weiß, soll der Tod durch Ertrinken noch zum Angenehmsten dabei zählen. Sonst noch was?“

„Nun, wie steht es zum Beispiel um Ihre Beziehung zu Frau Herzog?“

Reitinger hielt sich die Hand vor den Mund und gähnte ausgiebig. „Ich habe keine Beziehung zu Frau Herzog", erwiderte er schließlich. „Und ein Verhältnis schon gar nicht, wenn es das sein sollte, worauf Sie hinaus möchten."

„Aber Sie hätten gerne eins, oder?", fragte Bischoff.

Reitinger lächelte matt, zeigte dabei ein paar nikotinverfärbte Zähne. Er fuhr sich mit der Zunge über die Oberlippe und sagte: „Diese Frage werde ich mit Ihnen bestimmt nicht diskutieren. Und wenn das ein Verhör werden soll, möchte ich meinen Anwalt hinzuziehen, wenn Sie gestatten."

„Also hatten Sie mit Frau Herzog in letzter Zeit keinen Kontakt, oder wie?", hakte Bischoff nach.

„Blickkontakt oder wie sie mir einen geblasen hat?", erwiderte Reitinger nach einer kurzen Pause. „Das war nämlich der letzte richtige Kontakt, den wir hatten. Liegt allerdings schon ein paar Jahre zurück."

„Und was machen Sie, wenn Sie ihr auf der Straße begegnen?"

„Was schon? Wir grüßen uns, so wie es unter zivilisierten Menschen üblich ist."

„Na schön, kommen wir zur Sache", sagte Gruber. „Wo waren Sie vorgestern Nacht so zwischen elf und zwei Uhr früh?"

„Ich war hier. Ich habe gearbeitet, wie jede Nacht."

„Gibt es dafür auch Zeugen?"

„Ja. Meine zwei Katzen. Möchten Sie reinkommen und sie fragen?"

Gruber machte eine abwehrende Handbewegung. „Jetzt spielen Sie hier nicht den Clown, Herr Reitinger. Wir haben nämlich aus sicherer Quelle erfahren, dass Sie sich in letzter Zeit häufig in dem Waldstück oberhalb des Anwesens vom Grabowski aufgehalten haben, ausgerüstet mit einem Fernglas. Was sagen Sie dazu?"

„Seit wann ist es verboten, mit einem Fernglas durch einen Wald zu laufen, um Tiere zu beobachten?"

„Bestimmte Tiere?", fragte Bischoff.

„Nicht direkt …"

„Sie bestreiten also, Grabowski in irgendeiner Weise nachspioniert zu haben", sagte Gruber.

„Allerdings."

Reitinger trat in den Flur zurück. „Also dann, wenn Sie mich mal festnehmen wollen, weil Ihnen langweilig ist, wissen Sie ja, wo Sie mich finden. Ansonsten noch einen schönen und vor allem erfolgreichen Tag." Mit den letzten Worten warf er den Beamten die Tür vor der Nase zu.

Gruber und Bischoff blickten sich verdutzt an.

„Wollen wir uns das gefallen lassen?“, fragte Bischoff.

Gruber zuckte mit den Schultern. „Wollen wir uns lächerlich machen? Der Mann hat verdammt noch mal Recht. Fahren wir.“

„Manchmal bist du ganz schön nachgiebig“, sagte Bischoff, als sie am Wagen angelangt waren.

„Wieso denn? Dass der Kerl eine Meise hat, ist doch offensichtlich …“

„Eben.“

17

Gruber parkte neben dem Saab der Baumanns ein und stellte den Motor ab. Sie stiegen aus, und Gruber blickte zu Nick Baumann hoch, der auf der Terrasse stand und den Beamten zuwinkte. Gruber nickte nur und ging neben Bischoff her zur Haustür, an der sie von Baumann und seiner Frau Margit begrüßt wurden. Gruber blickte auf die Uhr. Es war bereits Viertel nach zehn.

„Dr. Wittenstock hat angerufen, dass er sich ein paar Minuten verspäten wird", sagte Baumann denn auch gleich. „Aber bitte, kommen Sie doch herein."

Gruber und Bischoff folgten den beiden ins Wohnzimmer, das bei Weitem nicht mehr so ordentlich aussah wie bei ihrem ersten Besuch.

„Halten Sie mich jetzt bitte nicht für pietätlos", sagte Baumann, „aber ein Freund von mir ist zufällig Antiquar und hat gestern die Sachen hier mal oberflächlich durchgesehen."

„Verstehe", sagte Gruber.

„Möchten Sie einen Kaffee?", fragte Margit Baumann.

„Gerne", erwiderte Gruber.

„Danke, nein", sagte Bischoff.

„Wissen Sie eigentlich, was da heute Morgen auf

der Straße von Inzell nach Reichenhall los war", fragte Baumann. „Ich habe gehört, da soll jemand von einer Brücke gesprungen sein?"

„Da haben Sie falsch gehört", erwiderte Gruber kurz angebunden.

„Umso besser. Aber bitte, setzen wir uns doch."

Margit Baumann ging nach nebenan in die Küche, und Gruber und Bischoff nahmen auf der Couch Platz. Nick Baumann warf sich in einen Sessel und gab sich bemüht ungezwungen.

„Und, was haben Ihre Nachforschungen bis jetzt ergeben?", fragte Baumann, nachdem er sich eine Zigarette angezündet hatte.

„Im Grunde noch nichts Konkretes", erwiderte Bischoff.

„Und bei Ihnen?", fragte Gruber. „Haben Ihre Nachforschungen bezüglich eines Testaments etwas ergeben?"

Baumann schüttelte den Kopf. „Leider nein. Ich kann es selbst kaum glauben, da mein Onkel immer ein sehr gewissenhafter Mensch war. Aber ich habe nichts gefunden, obwohl ich wirklich überall nachgesehen habe."

„Vielleicht hat er es diesem Dr. Wittenstock zur Aufbewahrung übergeben?", sagte Gruber.

„Das kann natürlich sein", sagte Baumann.

„Dann hätte er aber …" Bevor Bischoff weiterreden konnte, hörten sie, wie draußen ein Wagen vorfuhr. Baumann erhob sich und ging hinaus, kam gleich darauf mit einem älteren, leicht betrübt dreinblickenden Mann zurück, der eine schwarze, abgewetzte Aktentasche in der linken Hand hielt. Gruber stand auf und reichte dem Rechtsanwalt, der ihm vom Sehen bekannt war, die Hand.

„Herr Dr. Wittenstock …"

„Herr Kommissar, ich freue mich, Sie endlich einmal persönlich kennen zu lernen, auch wenn die Umstände leider alles andere als angenehm sind."

Gruber nickte nur.

„Bitte, setzen Sie sich doch", sagte Baumann und wies Wittenstock einen Sessel zu. „Auch einen Kaffee, Herr Doktor?"

„Da sage ich nicht nein."

Wittenstock stellte seine Aktentasche neben sich auf dem Boden ab, und sie warteten schweigend, bis Margit Baumann Kaffee und etwas Gebäck serviert und sich dann zu ihrem Mann auf die Sessellehne gesetzt hatte.

„Gleich zur Kernfrage", wandte sich Gruber nach dem ersten Schluck an den Anwalt. „Hat Herr Grabowski bei Ihnen ein Testament hinterlegt?"

Dr. Wittenstock blickte Gruber leicht verblüfft an. „Nein, hat er nicht. Ich bin eigentlich nur hier, weil Herr Grabowski mich vor einiger Zeit gebeten hatte, ihm beim Erwerb eines Grundstücks in der Nähe von Siegsdorf behilflich zu sein. Und ich deswegen bereits einige Zahlungen in die Wege geleitet habe."

„Tja, das dürfte jetzt kompliziert werden", sagte Gruber.

„Vermutlich im Zusammenhang mit diesem geplanten Windpark?", fragte Bischoff.

„Exakt."

„Und von einem Testament wissen Sie überhaupt nichts?", hakte Gruber nach.

„Doch, natürlich. Schließlich haben wir gerade in letzter Zeit öfter darüber gesprochen. Und soviel ich weiß, hat er es hier im Haus aufbewahrt. Jetzt sagen Sie bloß ..."

Wieder ein Autogeräusch, das rasch näher kam. Margit Baumann erhob sich, ging zur Terrassentür und blickte hinaus. Sie hörten, wie der Motor abgestellt und zwei Türen zugeschlagen wurden. Dann rief Margit Baumann überrascht aus: „Was will die denn hier?"

Nun stand auch Baumann auf und warf einen Blick auf die Neuankömmlinge. Der Besuch schien ihm nicht zu behagen, denn er ging mit ausgesprochen finsterer Miene zur Haustür. Er kehrte zurück in Begleitung von Hedwig Herzog und einem etwa vierzigjährigen Anzugträger mit runder Hornbrille und straff nach hinten gekämmten Haaren. Gruber stand auf.

„Bitte entschuldigen Sie den kleinen Überfall“, sagte der Mann zu niemand Bestimmten, „aber die Sache ist etwas dringlich. Mein Name ist übrigens Dr. Alfred Kleinert. Ich bin Fachanwalt für Erb- und Steuerrecht in München. Die Dame hier dürfte Ihnen allen bekannt sein.“

„Und was verschafft uns die Ehre Ihres Besuches?“, fragte Gruber, als keiner der Baumanns etwas sagte.

„Hm, könnten wir das eventuell im Sitzen besprechen?“, fragte Kleinert.

„Natürlich, bitte sehr“, sagte Gruber, ganz Gastgeber, und deutete auf die Couch. Bischoff rückte zur Seite, und Kleinert und Hedwig Herzog setzten sich, während die Baumanns es vorzogen, weiter zu stehen. Gruber lehnte sich an ein Bücherregal.

„Eigentlich haben wir nur eine Frage“, wandte sich Kleinert nach einem Seitenblick zu Hedwig Herzog an Nick Baumann. „Liegt Ihnen das Testament Ihres verstorbenen Onkels vor, Herr Baumann?“

„Wüsste nicht, was Sie das angeht“, erwiderte Baumann brüsk.

„Ja oder nein?“, insistierte Kleinert..

„Jetzt hören Sie mal …“

„An Ihrer Stelle würde ich die Frage beantworten“, mischte sich Gruber ein.

„Nein …“, sagte Baumann.

„Sind Sie sich da ganz sicher?“ Der Sarkasmus in Kleinerts Frage war nicht zu überhören.

„Ja, verdammt noch mal.“

„Na schön, dann wird Sie das hier sicher interessieren.“ Kleinert griff in seine Jackeninnentasche und zog ein längliches Kuvert heraus. Er öffnete das Kuvert umständlich, zog ein eng beschriebenes, handschriftlich verfasstes Schriftstück heraus und breitete es auf dem Tisch aus.

„Das hier ist eine Kopie des Testaments, das Herr Grabowski am vierzehnten September diesen Jahres verfasst hat …“, sagte er.

„Wie bitte?“ Baumann war blass geworden und suchte den Blick seiner Frau.

„Sie haben richtig gehört. Eigentlich dürfte ich Ihnen das gar nicht mitteilen, aber Frau Herzog hat darauf bestanden. Demnach bekommen Sie, Herr Baumann, das Haus hier und das dazugehörende Grundstück, das knapp drei Hektar umfasst. Seine Haushaltshilfe, eine Frau Edeltraud Eder, erhält fünfzigtausend Euro, ein paar Umweltschutzorganisationen erhalten insgesamt einskommafünf Millionen und der große Rest geht an Frau Herzog. Die endgültige Entscheidung liegt natürlich beim Nachlassgericht, das Frau Herzog und ich jetzt anschließend aufsuchen werden."

„Das möchte ich sehen." Baumann trat vor und versuchte, nach dem Schriftstück zu greifen.

Doch Kleinert war schneller und wischte das Testament blitzschnell vom Tisch und ließ es wieder in seiner Jackentasche verschwinden. „Das werden Sie", sagte er kalt. „Aber zum richtigen Zeitpunkt …"

Einen Augenblick lang sah es aus, als würde Baumann dem Anwalt gleich ins Gesicht springen.

„Darf ich fragen, wie groß dieser große Rest ist?", fragte Gruber.

„Nun, bislang weiß ich nur, was mir Frau Herzog angegeben hat, aber alles in allem dürfte die Erbmasse etwa den Wert von acht bis zehn Millionen haben. Neben dem Haus hier gibt es noch ein Mietshaus in Dortmund, Aktien und andere Wertpapiere …"

„Aber das ist doch unmöglich", fuhr Baumann, das Gesicht nun dunkel vor Wut, mit bebender Stimme Wittenstock an. „Wieso haben Sie das zugelassen, als sein Anwalt? Sie waren doch mit ihm befreundet, oder? Nur weil er mit dieser Frau da ins Bett gestiegen ist! Das ist doch lächerlich, einfach absurd."

Wittenstock hob abwehrend die Hände. „Stimmt,

Herr Grabowski und ich waren befreundet. Und ich weiß auch aus diversen Gesprächen mit ihm, dass er bislang vorhatte, sein Erbe zwischen Ihnen und einer Stiftung, die sich um Naturschutzbelange kümmern sollte, aufzuteilen. Allerdings hat er mir, und das Testament hier beweist es, bei unserem letzten Treffen anvertraut, dass er Frau Herzog überreden wollte, sich scheiden zu lassen und ihn zu heiraten. Herr Grabowski wollte nämlich noch Kinder."

„Kinder ..." Baumann verdrehte die Augen und sah aus, als würde er gleich in Ohnmacht fallen. „Mit der alten Schlampe hier!"

„Ja ..."

„Stimmt das, Frau Herzog?", fragte Gruber.

Die Frau nickte nur.

„Und wenn schon!" Baumann deutete mit verzerrten Gesichtszügen auf die Stelle in Kleinerts Anzug, wo das Testament verstaut war. „Außerdem, so eine Kopie ist doch überhaupt nicht rechtsgültig. Da kann ja jeder kommen ..."

„Da muss ich Sie leider schon wieder enttäuschen", sagte Kleinert. „Wenn das Original nicht auffindbar und der Inhalt der Kopie nachvollziehbar ist, was in diesem Fall anscheinend gegeben ist, dann ist so eine Kopie absolut rechtsgültig. Und ich denke ..."

„Trotzdem, dagegen werde ich Einspruch erheben“, unterbrach Baumann den Anwalt. „Einer wildfremden Person alles zu vermachen, das ist doch illegal.“

„Das können Sie natürlich gerne versuchen. Aber ich fürchte, es wird Ihnen nicht viel nützen.“

„Das werden wir dann schon sehen“. Nach diesen Worten drehte sich Baumann um und stürmte auf die Terrasse hinaus. Seine Frau folgte ihm.

„Wieso haben Sie uns gestern von dem Testament nichts erzählt?“, fragte Gruber Hedwig Herzog.

„Warum wohl? Dann hätten Sie mich doch gleich mitverdächtigt, oder etwa nicht? Außerdem wollte ich warten, was passiert. Was der Herr Neffe macht, wenn er das Testament findet. Und gefunden hat er es garantiert.“

Deswegen also diese Szene gestern, dachte Gruber.

„Ohne den Dingen vorgreifen zu wollen, aber das sieht mir ganz nach einer Unterschlagung aus, oder was meinen Sie, Herr Kommissar.“ Kleinert blickte fragend zu Gruber.

Bevor Gruber etwas dazu sagen konnte, klingelte sein Handy. Es war sein Kollege, Kriminalhauptmeister Reichert.

„Wo seid ihr gerade?“, fragte Reichert. Er klang aufgeregt.

„Bei Siegsdorf. Im Haus vom Grabowski … Wieso?“

„Könnt ihr weg von dort?“

„An sich schon, aber …“

„Okay, dann kommt so schnell wie möglich zum Krankenhaus. Der Herr, den du vorgestern auf der Autobahn so ritterlich aus seinem demolierten Wagen gezogen hast, wird nämlich wegen einer Mordsache gesucht.“

„Red keinen Scheiß.“

„Wenn ich's dir sage. Der Lutz und der Wernecke sind schon drüben.“

„Und wen soll er umgebracht haben?“

„Einen Drogendealer. Da, wo er herkommt, in Mannheim.“

„Und weiter?“

„Mehr weiß ich bis jetzt auch nicht …“

„Gut, wir sind schon unterwegs.“

18

Je näher sie Traunstein kamen, desto übellauniger wurde Gruber. Das hatte ihm gerade noch gefehlt, dass dieser Feuerwehrmann aus dem Rheinischen ein Mörder sein sollte. Nur seltsam, dass ihm überhaupt nichts aufgefallen war. Schön, der Mann war reichlich nervös gewesen, aber das hatte er auf die Umstände geschoben. Auch wenn letztendlich nicht viel passiert war, so ein Unfall war immer mit einem Schock verbunden. Aber gut, er hatte sich schon öfter getäuscht in seinem Leben. Lebensgefährlich getäuscht, um genau zu sein.

Bischoff spürte seine Verstimmung und klopfte ihm begütigend auf die Schulter.

„Jetzt mach dir mal keine unnötigen Sorgen“, sagte sie. „Vielleicht ist es ja nur falscher Alarm.“

Gruber nickte nur.

„Ich frage mich nur, wie das passieren konnte“, sagte sie weiter. „Haben die Kollegen den Mann denn nicht überprüft, so wie bei jedem, der in einen Verkehrsunfall verwickelt wird? Dann hätten wir vielleicht schon gestern Abend Bescheid gewusst.“

„Keine Ahnung“, erwiderte Gruber. „Vielleicht haben sie gedacht, weil ich dabei war, würde ich das übernehmen?“

Bischoff schwieg, und Gruber begriff, dass er so leicht nicht davonkommen würde, dass er die Sache nicht einfach den Kollegen von der Schutzpolizei in die Schuhe schieben konnte.

„Ist trotzdem natürlich meine Schuld", sagte er. „Ich hätte mich entweder selbst darum kümmern müssen oder mich vergewissern, dass …"

„Schon gut", unterbrach ihn Bischoff. „Und, was glaubst du? Hat der Baumann das Testament nun unterschlagen oder nicht?"

„Todsicher."

„Was wir ihm aber nicht beweisen können?"

„Weder das noch was anderes …"

„Du glaubst noch immer, dass es kein Unfall war, stimmt's?"

Gruber brummte eine Zustimmung. Fragte sich aber gleichzeitig, ob er vielleicht nur Gespenster sah. Denn eines war klar: Er konnte die Sache drehen, wie er wollte, außer ein paar Verdachtsmomenten hatten sie einfach nichts in der Hand. Es gab keine Zeugen, keine verwertbaren Spuren, nichts. Und wenn weder ihr Selbstmordkandidat noch dieser Reitinger etwas mit der Sache zu schaffen hatten, wer blieb dann noch übrig? Dieser Müller und Nick Baumann natürlich. Und vielleicht noch …? Doch bevor Gruber diesen Gedanken weiterverfolgen konnte, waren sie schon am

Krankenhaus angekommen. Er parkte auf der Auffahrt zum Haupteingang hinter dem Streifenwagen ein und sie waren kaum ausgestiegen, als ihnen Reichert und zwei Streifenpolizisten auch schon entgegenkamen. Reichert schüttelte den Kopf.

„Er ist weg", sagte er.

„Und wie?"

„Er hat vor knapp einer Stunde seine Sachen gepackt und ist einfach verschwunden."

„Und was sagen die auf der Station?"

„Die haben angeblich nichts bemerkt, bis er schon weg war … Und, was machen wir jetzt?"

Gruber überlegte kurz. Versuchte, sich in Schwabs Lage zu versetzen. Zu Fuß, ohne Ortskenntnisse und nicht gerade fit, wohin würde er flüchten? Zum Bahnhof? Oder würde er versuchen, per Anhalter wegzukommen? Oder gar querfeldein laufen, um sich in einem Waldstück zu verstecken? Nein, nicht um diese Jahreszeit. Und auch nicht per Autostopp, sagte er sich. Und wohin auch, wenn er doch fremd in der Gegend war. Also würde er das Nächstliegende machen, zum Bahnhof marschieren und den nächsten Zug in Richtung Salzburg nehmen.

„Überprüft den Bahnhof und lasst die Straßen rund um Traunstein kontrollieren", sagte er. „Und schickt auch ein paar Leute in Zivil in die Stadt rein, für alle Fälle."

„Alles klar.“

Reichert und die Streifenpolizisten eilten zu ihrem Wagen, und Gruber bedeutete Bischoff, ihm ins Krankenhaus zu folgen. Sie liefen die Treppe in den zweiten Stock hoch und weiter zu der Station, auf der Schwab gelegen hatte. Die Stationsschwester warf nur einen Blick auf sie und führte sie dann wortlos zu dem Zimmer, das Gruber schon bekannt war.

„Er hat schmutzige Unterwäsche dagelassen, sonst nichts“, sagte sie.

„Und von Ihnen hat niemand etwas mitbekommen?“

„Ich jedenfalls nicht. Aber Sie können gerne noch mal mit der Schwester reden, die ihn zuletzt gesehen hat.“

Gruber nickte. „Machen wir. Und sonst? Wie war denn sein Zustand? Ich meine, hat sich noch irgendetwas ergeben?“

„Nichts von Bedeutung, soviel ich weiß. Er hat beim Frühstück über leichte Kopf- und Nackenschmerzen geklagt, aber ansonsten war er okay, denke ich …“ Die Stationsschwester blickte an Gruber vorbei zur Tür. „Irina, was kannst du den Herrschaften von der Polizei sagen? Du hast doch zuletzt mit ihm gesprochen.“

Die knochige Krankenschwester zuckte mit den

Schultern. „Auf mich hat er einen ziemlich gesunden Eindruck gemacht“, erwiderte sie. „Wenn er gleich zum Bahnhof ist, ist er bestimmt schon über die Grenze nach Österreich.“

„Wieso Bahnhof?“, fragte Gruber.

„Weil er gefragt hat, wie er da hinkommt …“

Gruber und Bischoff blickten sich resigniert an. „Hat er zufällig mal über etwas Privates mit Ihnen gesprochen?“, fragte Gruber die Krankenschwester.

Die Frau schüttelte den Kopf und trat einen Schritt näher. „Nein, eigentlich nicht. Nur dass er aus Mannheim kommt und dort bei der Feuerwehr ist. Aber was ist denn eigentlich passiert? Ich meine, vorgestern waren Sie noch so besorgt um ihn, und jetzt sind Sie stinksauer. Muss ja was Schlimmes sein, wenn Sie jetzt so einen Wirbel machen?“

„Darüber dürfen wir Ihnen leider keine Auskunft geben“, sagte Bischoff.

„Und wieso nicht? Wenn Sie ihn nicht gleich kriegen und nach ihm suchen lassen, dann müssen Sie doch auch einen Grund angeben, warum er gesucht wird, oder etwa nicht? Und die Leute vielleicht vor ihm warnen …“

„Er wird als Zeuge in einem Mordfall gesucht“, erwiderte Gruber widerwillig. „Zufrieden nun?“

„Nur als Zeuge? Und warum rennt er dann vor der Polizei weg?"

„Das genau möchten wir auch wissen. Also ..." Gruber wandte sich wieder an die Stationsschwester. „Sie geben bitte keine Auskünfte, egal, wer nachfragen sollte. Sie informieren nur mich, wenn es Neuigkeiten geben sollte." Er zog seine Brieftasche heraus, entnahm ihr eine Visitenkarte und reichte sie der Stationsschwester.

Sie waren schon zurück am Auto, als Grubers Handy klingelte. Es war das Institut für Rechtsmedizin in München.

„Sie hatten Recht mit Ihrem Verdacht, Herr Hauptkommissar", sagte der Mediziner. „Da hat wohl jemand nachgeholfen. Um es kurz zu machen: Der Mann ist zwar eindeutig ertrunken, aber höchstwahrscheinlich war er nicht selbst schuld daran. Wir haben nämlich ein paar Druckstellen im Nacken und am Hinterkopf gefunden, die darauf hinweisen, dass sein Kopf mit Gewalt unters Wasser gehalten wurde."

19

Ingrid stand schon in der Haustür und wartete ungeduldig, als Gruber zuhause ankam, erschöpft und frustriert wie selten in letzter Zeit. Sie nahm ihm sogar, was bisher noch nie passiert war, seine Aktentasche ab und schloss die Tür hinter ihm. Gruber nickte dankbar, zog Mantel und Schuhe aus und ging als Erstes ins Bad. Er wusch sich sorgfältig die Hände, spritzte sich etwas kaltes Wasser ins Gesicht und betrachtete mit skeptischem Blick sein Spiegelbild.

„Ich hab's schon in den Lokalnachrichten gehört", sagte Ingrid hinter ihm. „Bin gespannt, was wirklich dahintersteckt."

Gruber folgte seiner Frau in die Küche, wo sein Abendessen auf ihn wartete. Er setzte sich, trank einen Schluck Bier und machte sich daran, den Fisch und das beiliegende Gemüse zu verspeisen. Ingrid verschwand für ein paar Minuten ins Wohnzimmer, setzte sich dann mit einer Portion Tiramisu auf den Platz gegenüber und ließ ihm Zeit.

„In Mannheim haben sie auf einem Fabrikgelände einen Toten entdeckt, mit zwei Kugeln in der Brust", sagte Gruber, nachdem er seinen ersten Hunger gestillt und sich ein zweites Glas Bier eingeschenkt hatte. „Die Kollegen vermuten, dass es eine

Auseinandersetzung unter Drogendealern war. Der Mann war einschlägig vorbestraft und hatte eine Waffe bei sich. Allerdings wurde er höchstwahrscheinlich nicht dort umgebracht, sondern befand sich auf der Flucht, bevor er starb."

„Auf der Flucht vor wem?"

„Das genau ist die Preisfrage."

„Und wie kommt dann dieser Schwab ins Spiel? Hat ihn dort jemand gesehen?"

„Nicht direkt. Aber ungefähr zwei Stunden, bevor der Tote von einem Spaziergänger entdeckt wurde, ist laut Anzeige eines Autofahrers ein Opelfahrer nicht weit davon an einer Kreuzung bei Rot aus dem Verkehr ausgeschert und über den Bürgersteig gebrettert, knapp vorbei an einer Fußgängerin, die sich gerade noch in Sicherheit bringen konnte. Ganz so, als ob er vor jemandem geflüchtet wäre. Und als die Kollegen von diesem Fluchtmanöver gehört haben, haben sie natürlich einen Zusammenhang vermutet und wollten sich den Halter, also Schwab, vornehmen. Haben aber nur eine leere, aber augenscheinlich kürzlich auf den Kopf gestellte Wohnung vorgefunden. Also haben sie dort seine Fingerabdrücke eingesammelt und mit denen am Wagen des Toten verglichen. Und Bingo."

„Das heißt aber noch lange nicht, dass er auch der Mörder ist, oder?"

„Nicht unbedingt. Aber warum ist er dann geflüchtet?"

„Und was geschieht jetzt?"

Gruber zuckte mit den Schultern. „Was wir immer machen in solchen Fällen. Wir lassen alle Bahnhöfe in der Gegend überwachen, machen verstärkt Verkehrskontrollen, fordern die Bevölkerung auf, uns mit Hinweisen zu unterstützen."

„Bis jetzt aber ohne Erfolg, oder wie?"

Gruber nickte. „Komischerweise ja. Meist glauben immer ein paar, sie hätten was gesehen, aber dieses Mal: nichts. Wie vom Erdboden verschluckt, der liebe Herr Schwab."

„Und seine Familie, seine Kollegen, was sagen die?"

„Er war alleinstehend, soviel ich bis jetzt erfahren habe. Keine Geschwister, die Mutter schon gestorben und der Vater unauffindbar. Und seine Kollegen sagen angeblich nur das Beste über ihn. Dass er ein prima Kumpel war, zuverlässig und immer voll bei der Sache, und bislang mit Drogen oder Ähnlichem absolut nichts zu schaffen hatte."

„Seltsam …"

„Allerdings."

„Vielleicht hat er was gesehen, was er nicht sehen sollte, und ist deswegen weg?"

„Tja …"

„Und eure Wasserleiche?“

„Die macht auch Probleme. Laut Ergebnis der Obduktion hat der Mann nicht freiwillig das Zeitliche gesegnet. Jedenfalls hat er Druckstellen im Hinterkopfbereich, die darauf hinweisen …“

„Das heißt doch wohl, dass er unters Wasser gedrückt und ertränkt wurde?“

Gruber nickte. „Sieht ganz so aus.“

„Also war es eindeutig Mord?“

„Du sagst es …“

„Und das lässt dich so kalt?“

„Für heute Abend schon.“ Gruber beendete seine Mahlzeit, ging noch einmal ins Bad und dann ins Bett. Ingrid kam nach kurzer Zeit nach und kuschelte sich neben ihn.

„Hat mein Brummbär noch Wünsche oder möchte er gleich schlafen?“

„Könnten meine Wünsche zufällig mit den deinigen korrespondieren?“

„Wer weiß? Du kannst es ja darauf ankommen lassen?“

Gruber ließ es darauf ankommen, fand anschließend aber dennoch keinen Schlaf.

„Jetzt hör auf, dir wegen diesem Schwab Gedanken zu machen“, flüsterte ihm Ingrid zu. „Vielleicht ist alles ja nur ein Missverständnis.“

„Schon möglich. Ich habe nur eben an diese

Krankenschwester gedacht, die bei Schwab auf der Station war und ihn zuletzt gesehen hat…"

„Ach so?" Ingrid versetzte ihm einen Puffer in die Seite. „Das ist ja interessant."

„Genau. Die war mir nämlich ein bisschen zu neugierig, im Nachhinein betrachtet."

„Inwiefern?"

„Na ja, weswegen wir den Schwab suchen und ob er gefährlich ist und so."

„Na und? Immerhin war sie die ganze Zeit in seiner Nähe."

„Trotzdem …"

„Jetzt schlaf endlich." Ingrid gab ihm einen Kuss auf die Wange und schmiegte sich an seine Schulter.

20

Schwab lag mit geschlossenen Augen da und wünschte sich wieder einmal, er könnte ganz woanders sein. Weit weg von dem ganzen Ärger, den er sich da eingehandelt hatte. Würde er jemals wieder seinen Frieden finden und wie ein ganz normaler Mensch leben können? Er zweifelte immer mehr daran. Mit diesen BMW-Typen wäre er vielleicht klargekommen, aber jetzt auch noch mit der Polizei im Nacken! Er horchte unwillig auf das Gestöhne der Frau, die sich noch immer abmühte, es dann aber endlich aufgab. Sie rutschte von Schwab herunter, stieß einen undefinierbaren Laut aus und verließ wortlos das Zimmer.

Schwab atmete auf und zog die Bettdecke hoch. Er fröstelte plötzlich. Nebenan wurde der Fernseher eingeschaltet, Gelächter erklang, gefolgt von einer Stimme, die verdächtig nach einem dieser Comedians klang. Wie hieß der Kerl noch gleich? Genau: Ingo Appelt. Er starrte die Zimmerdecke an, unschlüssig, ob er sich etwas zu lesen suchen oder Irina vorm Fernseher Gesellschaft leisten sollte. Aber die Frau nervte ihn jetzt bereits, und die Aussicht, mit ihr einen gemütlichen Restabend auf dem Sofa zu verbringen, reizte ihn nicht. Zumal er keine Ahnung hatte, wie es weitergehen sollte.

Eines stand jedenfalls fest: Er würde nur so lange wie unbedingt nötig hier bleiben, in dieser zwar geräumigen, aber ungepflegten und irgendwie unheimlichen Wohnung. Er schwang die Beine über die Bettkante, zog sich an und blieb dann vor dem Bücherregal rechts von der Tür stehen. Er nahm ein paar der Taschenbücher heraus, meist historische Romane über irgendwelche Frauen, die sich laut Klappentext gegen alle möglichen Widerstände durchgesetzt hatten. Diese blöde Sehnsucht nach dem Mittelalter, dachte er, schob die Bücher wieder an ihren Platz zurück und öffnete die Tür ins Wohnzimmer.

Der Fernseher lief, aber von Irina keine Spur. Panik erfasste ihn. War sie etwa abgehauen, um den Bullen nicht im Weg zu stehen, die gleich durch die Tür stürmen würden? Er fand die Fernbedienung, drehte den Ton ab und horchte. Nach einigen Sekunden vernahm er ihre Stimme. Gedämpft. Aus dem Badezimmer. Er trat in den länglichen, mit Schuhen und Klamotten vollgestopften Flur hinaus. Die Tür zum Badezimmer war geschlossen, aber Irina telefonierte, ganz eindeutig. Er presste sein Ohr gegen die Tür und lauschte angestrengt. Aber die paar Satzfetzen, die er hören konnte, sagten ihm nichts. Es war eine Sprache, die er nicht verstand. Vermutlich ihre Muttersprache, Rumänisch. Aber warum führte sie das Gespräch nicht im Wohnzimmer? Um ihn nicht zu stören? Oder gab es da irgendwelche Geheimnisse? Er wartete, doch es blieb dabei: Kein deutsches Wort fiel. Und er wollte sich schon zurückziehen, als die Frau kurz auflachte. Es war kein schönes Lachen, es klang hart und irgendwie dreckig und gerade so, als habe sie soeben etwas Fieses vereinbart.

Schwab ging zurück ins Wohnzimmer, griff nach der Fernbedienung und warf sich auf die Couch. Tat so, als würde er sich für die Fernseh-Show interessieren, als Irina hereinkam, nun mit einem Bademantel bekleidet und das Haar hochgesteckt. Die Frau blickte ihn kurz mit ausdruckslosem Gesicht an und verschwand dann in der Küche. Rumorte dort herum, bis sie mit einer halbvollen Flasche Weißwein, zwei Gläsern und einer Packung Kekse wieder auftauchte. Sie stellte alles auf dem Tisch ab und setzte sich dann mit etwas Abstand neben Schwab auf die Couch.

„Tut mir leid wegen vorhin“, sagte Schwab. „Aber die letzten Tage waren ziemlich stressig für mich.“

Die Frau zuckte nur mit den Schultern.

Schwab griff nach der Weinflasche und schenkte Irina und sich ein. Sie tranken beide einen Schluck, und Schwab unterdrückte einen Rülpser. Der Wein schmeckte arg säuerlich und auch die paar Kekse, die er anschließend aus reinem Hunger hinunterwürgte, waren nicht gerade ein Genuss.

„Ich will dich ja nicht drängen", sagte die Frau nach einer Weile, „aber hast du schon überlegt, wo du nachher hinwillst?"

Schwab schüttelte den Kopf. „Nicht so richtig …"

„Aber wahrscheinlich doch ins Ausland, oder?

„Ja, ich denke schon."

„Also brauchst du einen neuen Ausweis …?"

Schwab nickte nur. Er fühlte sich plötzlich ziemlich flau im Magen und dachte daran, wie schön es wäre, wieder zu Hause zu sein und tun zu können, was ihm gerade einfiel. Unbeschwert und mit einer Zukunft, die nicht wie eine dunkle Wolke über ihm schwebte. Er verdrückte noch ein paar Kekse, spülte mit einem kräftigen Schluck Wein nach und wartete ab.

„Nun ja, vielleicht kann ich dir dabei helfen", sagte die Frau nach einer Weile.

„Du? Wie denn?"

„Ich habe einen Bekannten, der weiß vielleicht jemanden, der so was besorgen kann."

„Echt? Das wäre ja klasse." Schwab gab sich erfreut, obwohl ihm Übles schwante. Erst diese Nummer mit dem Bruder und nun dieses Angebot. Keine Frage, diese Frau verfügte über ein paar zwielichtige Verbindungen. Ob allerdings zu seinem Nutzen, bezweifelte er.

„Wenn du möchtest, kann ich ein Treffen arrangieren", sagte die Frau weiter. „Dann könnt ihr alles besprechen."

„Hier bei dir?"

„Vielleicht. Oder ich bringe dich hin …"

„Nach Rumänien?", fragte Schwab und lächelte gezwungen.

„Nein, nach Traunreut. Wo mein Bekannter wohnt …"

„Das wäre ja toll." Schwab lehnte sich zurück, plötzlich überzeugt davon, dass ihn die Frau in eine Falle locken wollte.

21

„Hauptkommissar Haidegger“, sagte der ältere der beiden Männer, die Gruber im Büro von Dr. Werner antraf. „Wie der Philosoph, aber mit ai.“ Er deutete auf seinen Begleiter. „Das ist mein Kollege Martensen.“

„Freut mich.“ Gruber schüttelte beiden Männern die Hand, und sie setzten sich. Gruber war irgendwie unwohl zumute. Er war noch beim Frühstück gewesen, als ihn die Staatsanwältin angerufen und darüber informiert hatte, dass zwei Kollegen aus Mannheim in Kürze in Traunstein eintreffen würden. Er wusste nur nicht, was er mit den beiden anfangen sollte. Und wenn er eines nicht brauchen konnte, dann Kontrolle oder gar Vorwürfe.

„Es ist uns eine Ehre, Sie persönlich kennen zu lernen“, begann Haidegger. „Wir haben ja schon viel von Ihnen gehört. Wie Sie bei dieser Salzburg-Geschichte die Ösi-Kollegen aufgemischt haben, alle Achtung.“

Gruber ging nicht darauf ein. „Trauen Sie uns nicht zu, dass wir diesen Schwab aus eigener Kraft einfangen?“, fragte er stattdessen. „Oder wie soll ich Ihre Anwesenheit verstehen?“

„Aber natürlich trauen wir Ihnen das zu“, erwiderte Haidegger. „Wir möchten nur gerne dabei sein, wenn es so weit ist, das ist alles."

„Und deswegen haben Sie den weiten Weg gemacht?"

„Warum nicht? Selbstverständlich bieten wir Ihnen auch unsere Kooperation an, falls erwünscht."

Gruber musterte die zwei Männer kurz. Teure Anzüge, feines Schuhwerk, sorgfältiger Haarschnitt. Geschniegelte Großstadttypen, die für seinen Geschmack zu viel Wert auf ihr Äußeres legten. Undurchsichtig. Von sich eingenommen. Er kam sich plötzlich vor wie ein dummer Bauer.

„Und wie soll das funktionieren?", fragte er an Dr. Werner gewandt.

„Nun, der Kollege Haidegger hat vorgeschlagen, als Erstes nochmals alle Personen zu befragen, die im Krankenhaus mit Schwab zu tun hatten ..."

Gruber zuckte mit den Schultern und wartete ab.

„Eine Frage hätte ich allerdings", sagte Haidegger dann. „Ich meine, wie kann es sein, dass Sie bis jetzt nicht die geringste Spur von dem Mann haben?"

„Er hatte eine gute Stunde Vorsprung. Da kann er weit gekommen sein. Und wie Sie vielleicht bemerkt haben, ist die Gegend hier nicht so übersichtlich, wie Sie das aus Mannheim vielleicht gewohnt sind."

„Ein Punkt für Sie ..."

„Und bei Ihnen? Gibt es schon neue Erkenntnisse, was die Sache an sich angeht?“

„Wie gesagt, er war definitiv am Fundort der Leiche, aber das wissen Sie ja bereits. Und aus seinem Verhalten schließen wir, dass er zumindest irgendwie in den Mord verwickelt war.“

„Und der Tote, was haben Sie über den in der Zwischenzeit herausgefunden?“

Haidegger und Martensen wechselten einen Blick.

„Nun, eigentlich nicht sehr viel“, erwiderte Haidegger nach einer Pause. Etwas ungehalten, wie Gruber schien. „Er hatte ein paar Vorstrafen, alles im Zusammenhang mit Drogen jedweder Art. Wir nehmen an, er war so etwas wie ein freiberuflicher Drogenkurier, salopp formuliert.“

„Verstehe. Und er war bewaffnet, richtig?“

„Ja, war er“, erwiderte Martensen zögerlich. „Er hatte eine Browning Kaliber neun Millimeter bei sich, mit vollem Magazin.“

„Die der Schwab aber nicht angerührt hat, oder wie?“

„Sieht nicht so aus.“

Gruber schüttelte verwundert den Kopf. „Irgendwie seltsam, das Ganze, finden Sie nicht? Ein Mann, von dem Sie nicht wissen, wieso er erschossen wurde, und ein möglicher Täter, von dem Sie nicht wissen, wieso er den Mord begangen haben soll. Und der sich dann auch noch selten dämlich verhält, der erst seine Fingerabdrücke hinterlässt und dann auch noch als Verkehrsrowdy auftritt."

Haidegger lächelte nachsichtig. „Da haben Sie natürlich Recht, Herr Kollege, das ist in der Tat etwas seltsam. Aber in der Drogenszene kommt so etwas ständig vor. Ich meine, dass Leute, die bislang ein völlig unauffälliges Leben geführt haben, plötzlich mit eingeschlagenem Kopf in ihrer Wohnung liegen. Oder eben als Dealer überführt werden … Sie hatten doch kürzlich selbst einen ähnlich Fall hier in Traunstein, diese tote Frau im Küchenschrank, eingewickelt in eine Plastikfolie!"

Gruber nickte nur.

„Was ist daraus eigentlich geworden?", fragte Martensen.

„Haben die Kollegen übernommen", erwiderte Gruber kurzangebunden.

„Glück für Sie …"

Bevor Gruber darauf etwas sagen konnte, klopfte es an der Tür und Bischoff betrat das Büro. Gruber nutzte die Gelegenheit, erhob sich und sagte zu ihr: „Die Kollegen hier möchten nochmals im Krankenhaus nachforschen. Kannst du das vielleicht übernehmen? Ich fahre inzwischen nach Siegsdorf."

Bischoff nickte, sichtlich nicht begeistert.

22

Fünf Minuten später saß Gruber in seinem Peugeot und fuhr los. Dass die Mannheimer Kollegen ihm etwas verheimlichten, stand außer Frage. Aber gut, wenn die zwei Spielchen spielen wollten, nur zu. Damit könnte er leben. Aber dass der Schwab ein Mörder sein sollte, das wollte ihm einfach nicht in den Kopf. Um sich abzulenken, dachte er seine anstehenden Schritte durch: nachdem Grabowski nun also doch höchstwahrscheinlich ermordet worden war, sah die Sache ein klein wenig anders aus. Jetzt müssten sie richtig Druck ausüben, und zwar auf jeden, der über ein Motiv verfügte. Den Herzog konnten sie dennoch abhaken, sagte er sich. Auch wenn es durchaus möglich war, dass jemand nach Jahren des geduldigen Stillhaltens plötzlich ausrastete. Und dieser komische Kauz von Übersetzer? Dass Reitinger eine kleine Schlagseite hatte, war offensichtlich. Aber reichte das schon aus, um zum Mörder zu werden? Und war dieser Ex-Aktivist Müller wirklich so versessen darauf, sein Windpark-Projekt durchzubringen, dass er dafür im Alleingang einen Mord begangen hatte? Auch eher unwahrscheinlich. Blieb also Nick Baumann, der am meisten profitiert hätte, wenn er nicht vergessen hätte, vorher einen Blick in Grabowskis Testament zu werfen. Aber dass zukünftige Erben hin und wieder auf die Idee kamen, den Erbfall etwas zu beschleunigen, war bekannt. Also müssten sie genau da ansetzen.

Statt die Zufahrt zu Grabowskis Haus zu nehmen, stellte Gruber seinen Wagen wieder an derselben Stelle wie schon am Donnerstagmorgen ab und ging den Wanderweg hoch. Er traf unterwegs niemanden, dafür war bei Grabowski umso mehr los. Vor dem Haus parkten drei Autos, neben Nick Baumanns Saab ein schwarzer BMW mit Traunsteiner Kennzeichen und ein Range Rover mit Münchner Nummer. Er ging hinein und traf im Wohnzimmer neben Baumann und Frau Eder drei weitere Personen an. Einen leicht dicklichen Mann um die vierzig und ein Pärchen, das händchenhaltend dastand: Ein hagerer Endsechziger mit verwitterten Gesichtszügen und eine höchstens halb so alte, dafür aber umso hübschere Frau. Der eine Mann war Gruber bekannt. Es war Günther Flug, ein auf hochklassige Objekte spezialisierter Traunsteiner Immobilienmakler, den er selbst vor sieben oder acht Jahren kontaktiert hatte, als er nach der Scheidung von seiner ersten Frau mit dem Gedanken gespielt hatte, sein Haus in Hufschlag zu verkaufen und sich in der Innenstadt eine Wohnung zuzulegen.

„Hallo, Herr Kommissar“, sagte Flug auch gleich und reichte Gruber die Hand. „Was machen Sie denn hier? War’s vielleicht doch kein dummer Unfall, der dem armen Herrn Grabowski zum Verhängnis geworden ist?“

„Sie haben ihn gekannt?“

„Natürlich. Schließlich war ich es, der ihm vor vier Jahren das Anwesen hier vermittelt hat …“

„Verstehe …“

„Und wie steht’s bei Ihnen? Ich hätte da gerade eine ganz wunderbare Penthouse-Wohnung in der Hausenstraße an der Hand …“

„Danke, aber ich schätze, das hat sich erledigt – und zwar endgültig.“

„Schade …“

Gruber nickte nur und blickte fragend zu Nick Baumann.

„Wenn der arme Herr Grabowski gemeint hat, ich würde mich um das Haus kümmern und ihm so ein Andenken bewahren, hat er sich getäuscht“, klärte ihn Baumann mit finsterem Blick auf. „Wenn das mit dem Testament geklärt ist, wird die Bude verkauft, und zwar so schnell wie möglich. Und wie Sie sehen, habe ich auch schon ein paar Interessenten …“

„Das können Sie natürlich halten, wie Sie möchten“, sagte Gruber. „Aber an Ihrer Stelle würde ich nichts überstürzen. Es sei denn, Sie brauchen das Geld so dringend."

„Was wollen Sie damit sagen?"

„Nichts. Aber könnte ich Sie kurz alleine sprechen?"

Baumann nickte, und sie gingen auf die Terrasse hinaus.

„Ich habe leider schlechte Nachrichten für Sie", sagte Gruber. „Laut Obduktion dürfte Ihr Onkel durch Fremdeinwirkung zu Tode gekommen sein. Wir müssen uns also noch mal ausführlich über Ihr Alibi unterhalten."

„Ich war zuhause, zusammen mit meiner Frau, das wissen Sie doch!"

„Ich weiß nur, was Sie und Ihre Frau mir erzählt haben, das ist ein kleiner Unterschied."

„Wie Sie meinen", sagte Baumann. „Aber muss das ausgerechnet jetzt sein? Sie sehen doch, dass ich gerade beschäftigt bin."

„Kein Problem. Ich kann warten ..." Gruber blieb auf der Terrasse stehen und sah durch die offenstehende Tür zu, wie Baumann mit Flug und dem kaufinteressierten Pärchen über die Treppe im Obergeschoss verschwand. Frau Eder kam zu Gruber auf die Terrasse und blickte ihn ratlos an.

„Haben Sie und Herr Baumann sich wieder versöhnt?", fragte Gruber.

„Er hat sich, gleich nachdem Sie weg waren, entschuldigt …“

Gruber nickte nur.

„Dabei hat er mir auch g'sagt, was der Herr Grabowski verfügt hat“, sagte die Frau. „Des ist ja entsetzlich.“

„Wieso? Haben Sie mehr erwartet?“

„Ich? G'wiss ned. Mein Mann und ich haben unser Auskommen.“

„Was stört Sie dann daran? War doch ein schöner Zug von ihm, die Frau, die er geliebt hat, finanziell abzusichern.“

„Des schon. Wenn sie's wenigstens verdient hätt.“

Gruber horchte auf. „Und wieso hat sie das nicht?“

„Weil's a Luder ist, wenn S' mich fragen.“

„Weil sie ihren Mann betrogen hat?“

„Des a. Aber vor allem … Ah was.“ Die Frau winkte ab und machte Anstalten, wieder ins Haus zu gehen. Gruber hielt sie am Arm fest und blickte ihr fest ins Gesicht.

„Jetzt reden Sie schon“, sagte er.

„Das sag ich jetzt ned, weil ich a gehässiger Mensch wär, aber ich bin sicher, dass sie nur so getan hat, als ob sie den Herrn Grabowski gern g'habt hätt.“

„Und woher wollen Sie das wissen?“

„So was kriegt man mit. Erst vor ein paar Wochen war ich zufällig mal da, wie sie gerade von ihm weg ist. Sie hat sich g'schüttelt und einen Ausdruck im Gesicht g'habt, wie wenn's auf a Zitrone bissen hätt. Wenn S' mich fragen, die hat den bloß drüberlassen, weil er a Geld g'habt hat, die Hur. Und der oide Depp hat nix g'merkt. Und jetzt kassiert sie auch noch des ganze Geld."

Gruber nickte nachdenklich. „Interessant …"

„Aber ich hab nix g'sagt, ja? Ned dass Sie des jetzt überall rumerzähl'n …"

„Warum sollte ich?" Gruber dachte an seine erste und bislang einzige Begegnung mit Hedwig Herzog. Was war ihm da gleich wieder aufgefallen an der Frau? Sie hatte kühl und beherrscht gewirkt, und weiter? Genau, aber auch ziemlich sportlich. Durchtrainiert. Eine Frau, die nicht gleich außer Atem geriet, wenn es mal fix gehen musste. Und kräftig genug, um einen älteren, leicht betrunkenen Mann …

„Okay, haben Sie vielen Dank."

Gruber ging durch das Wohnzimmer vor das Haus hinaus, holte sein Handy aus der Jackentasche und rief Bischoff an.

„Und, haben die Kollegen aus der Großstadt mehr Glück als wir gehabt?", fragte er.

„Bis jetzt nicht. Aber wenn du mich noch mal so

abschiebst und so tust, als wäre ich deine Gehilfin, dann werde ich echt sauer."

„Tut mir leid, war nicht meine Absicht …"

„Schon gut. Und was machst du?"

„Ich glaube, ich fahre jetzt kurz mal nach Altenmarkt. Habe da gerade einen verrückten Gedanken gehabt."

„Lässt du mich eventuell daran teilhaben?"

Gruber zögerte kurz. Sein Verdacht war einerseits so weit hergeholt, dass er Angst hatte, sich lächerlich zu machen. Andererseits hatte er im Lauf seiner gut dreißig Dienstjahre gelernt, dass nichts unmöglich war. Er sagte: „Ich habe eben erfahren, dass diese Liebesgeschichte zwischen dem Grabowski und der Hedwig Herzog möglicherweise eine recht einseitige war."

„Und das wundert dich?"

„Das nicht gerade. Aber mal angenommen, die Herzog wollte den Grabowski weder heiraten noch Kinder von ihm kriegen …"

„Sondern nur sein Geld", ergänzte Bischoff.

„Genau."

„Und weiter?"

„Na ja, vielleicht wollte sie nicht warten. Oder hatte Angst, dass er seine Meinung wieder ändert und der Geldsegen woanders hinfällt …" Gruber stockte.

„Und jetzt glaubst du, sie ist mitten in der Nacht heimlich zurückgefahren, hat sich in dem Schuppen versteckt und darauf gewartet, dass der Grabowski auftaucht. Und hat ihn dann eiskalt in den Bach gestoßen und ertränkt."

„Warum nicht?"

„Ganz schön heftig, würde ich sagen."

„Das habe ich auch gerade gedacht, aber wer weiß. Die Wege der Gier sind bekanntlich vielfältig …"

23

Gruber stellte seinen Wagen vor einer Gaststätte im Ortszentrum ab, stieg aus und schaute sich um. Er konnte sich nicht erinnern, wann er zuletzt in Altenmarkt zu tun gehabt hatte. Eigentlich kannte er den Ort nur vom Durchfahren her, wobei er die Bewohner jedes Mal bedauert hatte, die den ganzen Verkehr ertragen mussten. Er vertrat sich ein wenig die Beine, begutachtete ein paar Schaufenster und fragte dann eine Passantin nach der Straße, in der Hedwig Herzogs Mutter wohnte. Er erfuhr, dass es sich dabei um eine kleine Wohnanlage am östlichen Ortsrand handelte und machte sich auf den Weg. Die Frau, die ihm öffnete, war jünger, als er erwartet hatte. Er schätzte sie auf maximal fünfundsechzig, und sonderlich kränklich schien sie ihm auch nicht zu sein. Sie blickte Gruber, der seinen Ausweis bereits in der Hand hatte, mit wachsamen Augen an.

„Ja, Sie wünschen …?"

„Entschuldigen Sie die Störung", sagte Gruber und hielt seinen Ausweis hoch. „Mein Name ist Gruber, Kripo Traunstein. Dürfte ich Ihnen ein paar Fragen stellen?"

„Ich habe schon gehört, dass Sie den Martin im Verdacht haben. Und was für einen Unsinn er angestellt hat“, erwiderte die Frau. „Aber bitte, kommen Sie herein.“

Gruber betrat die Wohnung und ging voran ins penibel aufgeräumte Wohnzimmer mit Eichenschrank, schwerer Polstergarnitur und dem Druck eines Gemäldes an der Wand, das einen einsamen Reiter mit Fellmütze und Gewehr inmitten der Wüste zeigte, den Blick prüfend in die Ferne gerichtet. Gruber blieb vor dem Bild stehen, fasziniert von der latenten Spannung der Szenerie.

„Das ist eine Kopie des berühmten Gemäldes ‚Der Scout: Freunde oder Feinde‘ von Frederic Remington“, erklärte die Frau mit Stolz in der Stimme. „Mein verstorbener Mann war nämlich ein großer Wildwestfan.“

Gruber nickte nur, behielt den Reiter weiter im Auge. Der hat’s gut, dachte er. Der braucht nur zu schauen, ob die anderen Kriegsbemalung tragen oder nicht.

„Verdacht wäre übertrieben“, sagte er dann. „Aber Sie wissen ja, wir müssen jeder Spur nachgehen.“

„Das verstehe ich. Aber bitte, setzen Sie sich doch. Vielleicht ein kleiner Likör gefällig?“

Gruber nickte und nahm auf der Couch Platz. „Aber nur einen ganz kleinen, wenn’s recht ist“, sagte er.

Die Frau öffnete eine Schranktür, holte eine

halbvolle Flasche Eierlikör und zwei Gläser heraus und stellte sie auf dem Tisch ab.

„So wie es aussieht, geht es Ihnen schon wieder besser“, sagte Gruber, während die Frau beide Gläser randvoll füllte.

„Wie bitte? Ach so, ja. Das Rheuma kommt und geht bei mir. Manchmal ist es fast weg und dann ist es wieder fast unerträglich.“

„Aber Ihre Tochter kümmert sich gut um Sie, oder?“

„Ja, das tut sie.“

Die Frau setzte sich ebenfalls und schob Gruber sein Glas zu. „Also dann, zum Wohl, Herr Kommissar.“

Gruber nippte nur an dem Likör, während die Frau mit einem kräftigen Schluck ihr Glas leerte.

„Aber den Martin können Sie gleich wieder vergessen“, sagte sie dann.

„Und wieso?“

„Weil er ein Lapp ist“, erwiderte sie. „Deswegen. Der wäre doch nie gesprungen von der Brücke. Der ned.“

„Da wäre ich mir nicht so sicher“, sagte Gruber. „Aber wieso Lapp?“

Die Frau blickte Gruber verwundert an. „Kennen Sie den Ausdruck ned?“

„Doch, doch, natürlich. Aber vielleicht könnten

Sie mir das ein wenig näher erläutern. Inwiefern ist er ein … Schwächling?"

„Weil er erstens nix als Flausen im Kopf hat, und weil er zweitens des Wenige, des er anpackt, ned fertig macht."

„Was Ihre Tochter aber nicht daran gehindert hat, ihn zu heiraten?"

„Des schon. Aber Sie wissen ja sicher schon, was dabei rausgekommen ist …"

„Allerdings."

„Und um das zu besprechen, sind Sie jetzt extra hergekommen?"

Gruber lächelte. Die Dame war nicht auf den Kopf gefallen. Er sagte: „Nun, ich wollte mich nur persönlich vergewissern, dass Ihre Tochter freiwillig hier war und nicht von ihrem Mann weggeschickt wurde, damit er eventuell freie Hand hat?"

„Garantiert. Und des hätte sie mir auch gesagt. Obwohl ich mich zuerst schon ein bisschen gewundert habe."

„So? Wieso das denn?"

„Na ja, normalerweise kommt sie immer am Wochenende, weil sie unter der Woche ja halbtags arbeitet und auch den Martin versorgen muss. Aber ich war letzte Woche ziemlich schlecht beieinander, und da hat sie gemeint, sie wollte mal nach dem Rechten sehen."

„Verstehe." Gruber deutete zum Fenster. „Was mir beim Hergehen aufgefallen ist, Autostellplätze sind bei dieser Wohnanlage hier scheinbar Mangelware …"

„Des stimmt. Da haben's g'schlampt beim Bau. Zum Glück brauche ich keinen. Was ich brauche, kann ich hier am Ort einkaufen, und sonst nehme ich halt den Bus."

„Und wenn Sie Besuch bekommen? Zum Beispiel von Ihrer Tochter?"

„Ja mei, die muss dann halt irgendwo ums Eck parken …"

Gruber schob sein Likörglas zurück und gähnte übertrieben hinter vorgehaltener Hand. „Entschuldigung, aber diese unregelmäßigen Arbeitszeiten machen mir langsam zu schaffen", sagte er. „Dabei bin ich gestern ausnahmsweise mal vor Mitternacht ins Bett gekommen."

Die Frau nickte verständnisvoll.

„Aber was beklage ich mich." Gruber blickte die Frau mitfühlend an. „Sie haben es da vermutlich viel schwerer, mit Ihren Rheumaschmerzen. Da kann man selten eine Nacht durchschlafen, fürchte ich."

„Da haben Sie leider Recht. Meine Tochter meint zwar immer, ich soll ein Schlafmittel nehmen, aber wenn man damit erst mal anfängt …"

„Ja, das kann ich verstehen." Gruber erhob sich.

Im Flur, mit Blick aufs Telefon, sagte er: „Ach ja, was Ihrem Schwiegersohn vielleicht noch helfen könnte, vollends außer Verdacht zu kommen: Hat Ihre Tochter zufällig am Mittwochabend mit ihm telefoniert?"

Die Frau blickte Gruber nachdenklich an. „Das weiß ich nicht mehr, ehrlich gesagt. Wir haben erst ferngesehen und so um zehn rum bin ich ins Bett und gleich eingeschlafen."

Gruber lächelte wissend. „Dank der Schlaftablette, die Sie auf Rat Ihrer Tochter ausnahmsweise genommen haben, schätze ich?"

„Genau."

Gruber gab der Frau zum Abschied die Hand und verdrückte sich. An seinem Wagen angekommen, rief er das Einwohnermeldeamt an und erkundigte sich nach der Adresse von Irina Stepanic. Er erhielt sie und rief als Nächstes Bischoff an. „Ich habe noch eine Idee", sagte er. „Treffen wir uns in einer halben Stunde auf dem Parkplatz vom Aldi im Gewerbepark Kaserne?"

„Nichts lieber als das", war die Antwort.

„So? Wieso das denn?"

„Die Kollegen aus der Großstadt haben mich gerade zum Essen eingeladen und wollten wissen, wo man in Traunstein am besten speisen kann."

„Im Zweifelsfall im Parkhotel, würde ich sagen."

„Genau da habe ich sie hingeschickt. Also bis gleich …"

24

Schwab stand im Wohnzimmer von Irinas Apartment seitlich am Fenster und spähte durch einen Spalt im Vorhang auf den kleinen Parkplatz vor dem Haus hinunter. Unschlüssig, was er machen sollte. Ob er gleich verschwinden oder warten sollte, bis es dunkel war. Noch eine Nacht über hier bleiben und auf das Beste hoffen, kam jedenfalls nicht mehr in Frage. Diese Frau führte etwas im Schilde, das war so sicher wie das Amen in der Kirche. Von wegen gefälschte Papiere besorgen und so. Für wie blöd hielt diese rumänische Schlampe ihn eigentlich? Die hatte Geld gerochen, ganz klar also, dass sie ein paar Figuren aus ihrem Bekanntenkreis verständigt hatte, die ihn irgendwo in die Mangel nehmen wollten. Die ihm so lange zusetzen würden, bis er alles verraten hätte. Dann würden sie ihn zwingen, sie nach Mannheim zum Geldversteck zu führen, wo sie ihn auch beseitigen würden. Geld raus, Leiche rein! Und das alles ohne jedes Risiko. Er wandte sich ab, fand in der Küche eine halbvolle Packung Zigaretten und steckte sich eine an. Stellte sich wieder ans Fenster, ein Wasserglas als Aschenbecher in der Hand.

Er hatte seine Zigarette zur Hälfte geraucht, als er sah, wie ein roter BMW älteren Baujahres von der Straße auf den Parkplatz einbog. Der Mann, der ausstieg, war noch ziemlich jung, trug eine schwarze Lederjacke und hielt eine Zeitung in der Hand. Er blickte kurz zu ihm hoch. Schwab zuckte zurück. Wenige Sekunden später schrillte die Türklingel. Schwab zögerte. Wer konnte das sein? Nur ein Bekannter dieser Krankenschwester? Oder etwa schon der Kerl, von dem Irina gesprochen hatte? Der Mann, der ihm falsche Papiere besorgen könnte? Es läutete erneut, länger anhaltend. Schwab gab sich einen Ruck, ging in den Flur hinaus und drückte auf den Türöffner.

„Ich bin der Timo“, sagte der Mann statt einer Begrüßung. „Du weißt schon …“

Schwab nickte nur und ließ Timo eintreten.

„Habe nicht erwartet, dass das so schnell geht“, sagte er, als ihm nichts Besseres einfallen wollte.

„Irina hat gesagt, du hast es eilig.“ Er hielt Schwab die Zeitung unter die Nase. „Hätte ich an deiner Stelle auch. Die suchen dich schon …“

Schwab nahm die Zeitung entgegen und ging damit in die Küche. Fand auf Seite sieben einen Bericht samt Foto über ihn. Er steckte sich eine zweite Zigarette an und überflog den Artikel, der nicht viel mehr aussagte, als dass er in einen Mordfall verwickelt sei und sich auf der Flucht befinde.

„Hast du Irina nicht erzählt, du hättest nur Geld

gestohlen?", fragte Timo. „Mit Mord will ich nämlich nichts zu tun haben."

„Umso besser, ich nämlich auch nicht", sagte Schwab, während er fieberhaft überlegte, wie er den Mann wieder loswerden könnte.

„Was also brauchst du?", fragte Timo weiter. „Pass und Führerschein, denke ich mal, oder?"

„Genau."

„Das wird aber nicht gerade billig …"

„Ist mir klar."

„Und ich brauche die Kohle natürlich vorher."

Schwab nickte nur, er hatte nichts anderes erwartet. Um etwas Zeit zu gewinnen, ging er wieder ins Wohnzimmer hinüber, um Ausschau nach möglichen Komplizen von Timo zu halten. Tatsächlich war neben dem BMW nun ein weiterer Wagen geparkt, ein alter Peugeot. Neben dem Auto standen zwei Personen und blickten sich um. Aber keine Typen wie Timo, sondern eine blonde Frau Mitte dreißig und ein untersetzter, älterer Mann. Ein Mann, der Schwab nur allzu bekannt war. Er erstarrte, die Zigarette entglitt seinen Fingern und fiel auf den fleckigen Teppichboden.

Dieser Bulle, wie war gleich wieder sein Name gewesen? Gruber, richtig. Andreas Gruber. Ausgerechnet der stand dort unten und bewegte sich nun auf die Haustür zu, während seine Begleiterin um die

Hausecke verschwand. Schwab konnte es nicht fassen. Vielleicht nur ein Ablenkungsmanöver, dachte er, während hinten schon ein Sonderkommando zum Sturm ansetzt. Er rannte durch den Flur und das Schlafzimmer auf den kleinen Balkon hinaus, doch auf dem Kinderspielplatz hinter dem Haus hockten nur zwei kleine Mädchen im Sandkasten und spielten. Sonst war niemand zu sehen.

„Was ist denn jetzt plötzlich los?“, fragte Timo, der ihm gefolgt war.

Schwab schüttelte nur den Kopf und ging wieder zurück. Mit Timo dicht hinter sich, trat er an die Wohnungstür und horchte. Es dauerte vielleicht zehn Sekunden, bis draußen auf der Treppe Schritte erklangen.

Schwab hielt den Atem an.

Die Schritte verstummten, dann ein Klopfen an der Tür. Eher sachte und vorsichtig.

Schwab verhielt sich ruhig.

„Hier ist Hauptkommissar Gruber“, ertönte es schließlich durch die Tür. „Herr Schwab, wenn Sie da drin sind, öffnen Sie bitte. Egal, was passiert ist, wir finden schon eine Lösung. Aber Sie können nicht ewig weglaufen, und das wissen Sie.“

Schwab schüttelte verwirrt den Kopf. Dachte für einen Moment daran, der Aufforderung nachzukommen und aufzugeben. Überzeugt davon, dass dieser Bulle es ehrlich meinte. Das Problem war nur, dass dieser Traunsteiner Polizist nicht sein Problem war. Und ihm somit letztendlich auch nicht helfen könnte. Er trat von der Tür zurück, schob Timo aus dem Weg und zog in aller Eile seine Schuhe an. Als Timo nach seinem Arm griff, stieß er den Mann zurück.

„Da draußen steht ein Bulle …“, zischte er. „Ich hau ab.“

„Woher weißt du denn, dass es ein Bulle ist?“

„Kannst ja warten und ihn fragen …“

Schwab schlüpfte in seine Jacke, griff nach seiner Tasche und trat wieder auf den Balkon hinaus. Neben sich Timo, der es ihm offensichtlich gleichtun wollte. Er warf zuerst seine Tasche hinunter, hangelte sich dann über die Brüstung und ließ sich auf den Rasen fallen. Die zwei Mädchen im Sandkasten sahen ihm interessiert zu, gaben aber keinen Laut von sich. Timo plumpste neben ihm zu Boden, gleichzeitig erschien in einem Durchgang rechts von ihnen die blonde Frau, die Schwab bei Gruber gesehen hatte. Sie hielt mit beiden Händen eine Pistole, die direkt auf Schwab gerichtet war.

„Stehen bleiben, Polizei“, rief die Frau und kam ein, zwei Schritte auf sie zu.

Schwab versetzte Timo mit seiner freien Hand einen Stoß in Richtung der Polizistin und rannte los, ohne sich nur einmal umzusehen. Er zwängte sich durch die Hecke zum nächsten Grundstück, fand sich auf einer weiteren Rasenfläche mit Wäscheleinen wieder. Er lief zur Hausecke, vorbei an dem Wohnblock und über die Straße, und weiter zu einer Gebüschgruppe, hinter der es unvermutet steil abwärts ging. Ein bewaldeter Abhang, der zu einem kleinen Tal hinabführte. Er sprang hinab, hielt sich an den Bäumen fest, rutschte einmal aus und landete auf dem Hosenboden, aber dann war er unten auf der Straße. Wohin jetzt? Nach rechts ging es in Richtung Stadt, wenn er richtig lag. Also nach links. Er lief eine Reihe von Schrebergärten entlang, bis die Straße vor einer Kläranlage plötzlich endete.

Schwab blieb stehen und blickte sich gehetzt um. Noch war von seinen Verfolgern nichts zu sehen, aber in der Ferne erklangen schon die ersten Martinshörner. Er verließ die Straße und eilte über die Wiese auf einen Fahrradweg zu, und stand vor einem schmalen, von Bäumen gesäumten Flusslauf. Auch das noch, dachte er, zögerte aber keine Sekunde. Er stieg die Böschung hinab und watete durch das rasch fließende, aber kaum mehr als knietiefe Wasser ans andere Ufer, an dem das Gelände wieder leicht anstieg.

25

Gruber stand neben dem auf der Wiese geparkten Streifenwagen und sah zu, wie die zwei Beamten auf den Waldrand zuliefen, an dem Schwab laut Aussage einer Spaziergängerin vor wenigen Minuten gesehen worden war. Er schüttelte missmutig den Kopf. War der Mann erst mal in den Wäldern ringsum untergetaucht, würde es schwierig werden. Er drehte sich um und blickte auf den Sportplatz, hinter dem sich der Viadukt über der Traun erhob. Ein Anblick, der gemischte Gefühle in ihm weckte. Mein Gott, wie oft war er als Schüler hier unten gewesen, meist unwillig, weil ihm jede Art von Mannschaftssport zuwider gewesen war. Aber diese Jahre waren auch seine schönsten Jahre gewesen, mit Freiheiten und Aussichten, von denen die heutigen Jugendlichen nur noch träumen konnten.

Er hörte einen Wagen heranfahren und blickte wieder zur Straße. Es war ein schwarzer BMW, mit Haidegger am Steuer, neben sich Dr. Werner und im Fond Martensen. Haidegger parkte neben dem Streifenwagen ein, alle drei stiegen aus und traten zu Gruber.

„Schöne Bescherung“, sagte Haidegger zur Begrüßung. Martensen musterte Gruber feindselig, blieb aber stumm. Die Staatsanwältin gab sich neutral.

„Wie gesagt, es war nur so eine Idee“, sagte Gruber zu Dr. Werner gewandt. „Weil diese Krankenschwester ein bisschen zu sehr daran interessiert war, warum wir ihn suchen und ob er gefährlich wäre und so. Dass er allerdings tatsächlich in ihrer Wohnung sein würde, und dann auch noch mit einem weiteren Mann zusammen, damit habe ich leider nicht gerechnet. Jedenfalls nicht ernsthaft.“

„Mit was haben Sie denn gerechnet, wenn ich fragen darf“, sagte Haidegger. „Mit einer Einladung zum nächsten Krankenschwesternball?“

„Bitte, meine Herren, versuchen wir doch, sachlich zu bleiben“, sagte Dr. Werner.

„Na schön, was haben Sie bis jetzt in die Wege geleitet?“, fragte Haidegger und blickte sich dabei suchend um.

„Fürs Erste habe ich alle verfügbaren Streifenwagen alarmiert, um die Gegend großräumig zu kontrollieren“, erklärte Gruber. „Dazu habe ich einen Hubschrauber mit Wärmebildkamera angefordert und eine Mannschaft Bereitschaftspolizei, was aber noch dauern kann.“

„Wo genau wurde er denn zuletzt gesehen?“

Gruber deutete auf den Waldrand gegenüber, wo zu seinem Pech die zwei Streifenbeamten soeben unverrichteter Dinge zurück auf die Wiese kamen.

„Und was liegt da hinter dem Wald?“, fragte Martensen.

„Wieder Wald, Wiesen und ein paar Ortschaften …“

„Oh Mann, oh Mann, das haben Sie ganz schön in den Sand gesetzt“, sagte Haidegger.

Gruber blieb ganz ruhig. Er hatte einen Fehler gemacht, keine Frage, aber irgendwie tat es ihm nicht sonderlich leid, dass Schwab entwischt war. Auch wenn der Mann sich damit erst recht verdächtig gemacht hatte. Aber irgendetwas war faul an der Sache. Ich hätte sie gleich zwingen sollen, die Karten auf den Tisch zu legen, dachte er verärgert. Er blickte wieder über den Viadukt nach Süden. Noch herrschte Föhn, obwohl für die kommende Nacht auch für den Landkreis Traunstein kräftiger Regen mit Sturmböen und Temperaturen nahe dem Gefrierpunkt angekündigt waren. So dass sie Schwab wohl abschreiben konnten, sollte die Fahndung bis zum Abend keinen Erfolg haben.

„Eines kann ich Ihnen jedenfalls versichern“, unterbrach Haidegger Grubers Überlegungen. „Wenn das hier schiefläuft, wenn der Kerl sich irgendwo einnistet und vielleicht sogar Geiseln nimmt, dann geht das auf Ihre Kappe.“

Gruber schüttelte nur den Kopf und sagte nichts. Er mochte gar nicht darüber nachdenken, wie Haidegger wohl reagiert hätte, wenn er wüsste, wie es tatsächlich abgelaufen war. Wenn dieser aufgeputzte Drogenfahnder wüsste, dass er erst höflich angeklopft und sich Schwab vorgestellt hatte, bevor er von Bischoff erfahren hatte, dass Schwab, gefolgt von einem zweiten Mann, von einem Balkon im ersten Stock gesprungen und weggelaufen sei.

„Und der zweite Mann in der Wohnung?“, fragte die Staatsanwältin. „Was ist mit dem?“

„Vermutlich ein Bekannter der Krankenschwester, aber das werden wir hoffentlich gleich erfahren“, erwiderte Gruber, der Bischoffs Roadster bereits den Empfinger Hohlweg herabfahren hörte. Gleich darauf traten Bischoff und Irina Stepanic an sie heran, die Krankenschwester mit Handschellen gefesselt.

„Er hat mich dazu gezwungen“, sagte Irina Stepanic sofort. „Er hat gesagt, wenn ich ihm nicht helfe oder zur Polizei gehe, würden mich seine Freunde fertigmachen.“

„Und das sollen wir Ihnen glauben?“, fuhr Haidegger die Frau an. „Für wie beschränkt halten Sie uns eigentlich?“

„Das ist die Wahrheit …“

„Die Wahrheit ist doch wohl eher, dass er Ihnen Geld für Ihre Unterstützung geboten hat“, sagte Gruber.

Die Frau sagte nichts.

„Okay, aber Sie haben noch eine Chance“, sagte Haidegger zu der Frau. „Erzählen Sie uns alles, was er Ihnen erzählt hat.“

Doch Irina Stepanic schüttelte nur müde den Kopf. „Er hat mir überhaupt nichts erzählt. Nur, dass er aus der Wohnung eines Drogendealers Geld gestohlen hätte und diese Typen jetzt deswegen hinter ihm her wären.“

„Hat er auch gesagt, wie viel Geld?“

„Nicht so viel, hat er gesagt.“

„Und der Mann bei ihm?“

„Von einem zweiten Mann weiß ich nichts, ehrlich.“

Haidegger stellte der Frau noch ein paar weitere Fragen, aber Gruber hörte schon nicht mehr richtig hin. Nun fast überzeugt davon, dass Schwab tatsächlich mehr Opfer als Täter war. Verrückter Kerl, dachte er, warum machst du es dir so schwer. Er wartete, bis Irina Stepanic von Bischoff wieder abgeführt und der Besatzung eines soeben eingetroffenen zweiten Streifenwagens übergeben worden war, und wandte sich dann an Haidegger.

„Aber jetzt rücken Sie mal raus mit der Sprache“, sagte er mit scharfer Stimme „Was zum Teufel ist hier los? Und kommen Sie mir nicht wieder mit dem Blödsinn, Sie wüssten nicht, was hier gespielt wird.“

Haidegger wechselte einen Blick mit der Staatsanwältin und steckte sich eine Zigarette an. Eine längere Pause entstand.

„Er hat für uns gearbeitet", sagte Haidegger schließlich mit dünner Stimme.

„Der Tote war ein verdeckter Ermittler?", fragte Gruber verblüfft.

Haidegger schüttelte den Kopf. „Das nicht gerade. Wie ich gestern schon erklärt habe, war er so etwas wie ein freiberuflicher Drogenkurier. Wir haben ihn vor etwa vier Monaten mit einem halben Kilo Heroin gefasst und einen Deal mit ihm gemacht. Entweder Knast, was in seinem Fall als Wiederholungstäter acht bis zehn Jahre bedeutet hätte, oder er arbeitet für uns als Informant."

„Und worauf war er angesetzt?"

„Auf einen der Bosse im Rhein-Main-Gebiet. Der Name wird Ihnen nichts sagen, aber wir halten ihn verantwortlich für den Tod zweier echter Undercover-Agenten. Jedenfalls sind die Männer spurlos verschwunden."

„Und deswegen haben Sie jetzt jemanden losgeschickt, um den es nicht sonderlich schade wäre, im Falle des Falles."

„Sie sagen es. Jetzt verstehen Sie hoffentlich auch, warum wir so ein Geheimnis um die Angelegenheit gemacht haben. Noch dazu, nachdem so eine

Panne passiert ist. Ich meine, wir stehen ja selbst vor einem Rätsel. Und der Einzige, der uns helfen könnte, es eventuell aufzuklären, ist dieser verrückte Feuerwehrmann, der sich so benimmt, als hätte er zu viele Folgen von ‚Auf der Flucht' gesehen."

„Also glauben Sie selbst nicht daran, dass er mit dem Mord an Ihrem Informanten etwas zu schaffen hatte?"

„Möglich ist alles", erwiderte Haidegger ausweichend.

„Aber dann müssen Sie doch Namen haben, zum Beispiel von den Kontaktpersonen Ihres Informanten?"

Haidegger schüttelte erneut den Kopf. „Eben nicht. Vereinbart war, dass der Mann als Kurier weiterarbeitet und dabei das Vertrauen von Leuten weiter oben in der Hierarchie gewinnen soll. Aber nicht, dass er täglich angerannt kommt und uns die Namen von irgendwelchen Kleinganoven verrät."

„Dann verstehe ich immer weniger, wie dieser Schwab da reinpassen soll?"

„Wir hätten ihn ja fragen können, aber …" Haidegger warf einen hilflosen Blick in Richtung Staatsanwältin.

„Na gut, die Fahndung läuft", sagte Dr. Werner. „Warten wir erst einmal ab und hoffen, dass die Sache nicht unnötig eskaliert."

Haidegger und Martensen gingen weg, um sich in einiger Entfernung zu besprechen.

„Und die Sache Grabowski?", fragte die Staatsanwältin, sowie die zwei außer Hörweite waren. „Wie geht es da voran?"

„Könnte sein, dass wir auf eine neue Spur gestoßen sind …", erwiderte Gruber vage.

26

„Du könntest zwischendurch auch mal anrufen", sagte Ingrid, sowie Gruber am Küchentisch Platz genommen hatte. „Es kommt dir vielleicht nicht so vor, aber ich habe auch einiges zu erledigen und kann mich nicht immer nach dir richten."

„Tut mir leid", erwiderte Gruber. „Aber im Augenblick ist wirklich die Hölle los."

„Wegen diesem Schwab?"

Gruber nickte. „Das auch …"

Ingrid stellte Gruber einen Teller mit Kartoffelsuppe hin, dazu Schwarzbrot und ein Glas Mineralwasser.

„Habt ihr denn immer noch keine Spur von ihm?", fragte sie.

Gruber schnitt eine Grimasse. „Die einzige Spur, die wir hatten, habe ich heute Nachmittag grandios vermasselt."

„Du?" Ingrid setzte sich ebenfalls und blickte Gruber erwartungsvoll an.

„Ja, ich höchstpersönlich." Gruber löffelte seine Suppe und erzählte Ingrid nebenher, wie ihnen Schwab durch die Lappen gegangen war.

„Na und, was hättet ihr denn anderes machen sollen?", sagte Ingrid dazu. „Gleich ein Sondereinsatzkommando in die Wohnung schicken? Außerdem hat es ja wohl die Bischoff verbockt, und nicht du."

Gruber nickte nur.

„Und jetzt, meinst du, ihr kriegt Ärger deswegen?"

„Glaube nicht", sagte Gruber, schob seinen Teller zurück und trank einen Schluck Wasser. „Zum einen habe ich den Kollegen aus Mannheim eine etwas andere Version als dir präsentiert, und zum anderen bin ich denen keine Rechenschaft schuldig. Das Problem ist eher, dass sich der Mann damit immer verdächtiger macht, egal, was da in Mannheim wirklich passiert ist. Ich glaube zwar nicht, dass er sich groß zur Wehr setzen wird, sollte man ihn auftreiben, aber er gilt jetzt endgültig als Gewalttäter und da kann ein Kollege schon mal schnell zur Waffe greifen."

„Und es gibt überhaupt keine Hinweise darauf, wohin er geflüchtet sein könnte?"

„Nicht so richtig. Es haben sich zwar ein paar Leute gemeldet, die glauben, dass sie ihn gesehen hätten, zum Beispiel in einem Waldstück in der Nähe von Surberg, aber mehr auch nicht."

Ingrid erhob sich, räumte den Tisch ab und brachte dann eine halbvolle Flasche Rotwein und zwei Gläser heran.

„Wieso verbeißt du dich eigentlich so in diese

Geschichte?", fragte sie, während sie einschenkte. „Nur weil du ihm auf der Autobahn geholfen hast?"

Gruber zuckte mit den Schultern. Er hatte sich genau diese Frage auch schon gestellt, eine Antwort war ihm dazu aber nicht eingefallen. Normalerweise versuchte er, so vorurteilsfrei wie möglich vorzugehen. Er war diesem Feuerwehrmann nichts schuldig, ganz im Gegenteil. Aber irgendwie fühlte er sich für den Mann verantwortlich.

„Und eure Wasserleiche?", fragte Ingrid, nachdem sie sich wieder hingesetzt und von ihrem Wein genippt hatte. „Hast du schon einen Verdacht, wer von diesen drei oder vier Typen nun der Täter sein könnte?"

„Keiner von ihnen, schätze ich", erwiderte Gruber mit ernster Miene.

„Keiner? Also war's doch ein Unfall, oder wie?"

„Schön wär's." Gruber schob gedankenverloren sein Weinglas hin und her. „Aber ich fürchte, ich habe mich bisher zu sehr auf seinen Neffen konzentriert, diesen Baumann, wegen dieser Testamentsgeschichte. Aber so, wie ich die Sache inzwischen sehe, war der Täter möglicherweise eine Frau. Genauer gesagt, seine Geliebte, die liebe Frau Herzog."

„Was sagst du da?" Ingrid blickte ihn ungläubig an.

„Du hast richtig gehört. Die Bischoff war auch ganz baff, als ich ihr davon erzählt habe."

„Und wie kommst du darauf?"

„Auf die Idee hat mich die Haushälterin des Toten, eine gewisse Frau Eder, gebracht. Die will nämlich bemerkt haben, dass diese Hedwig Herzog sich vor dem Grabowski geekelt hat. Dass sie ihn nur wegen seines Geldes drüberg'lassen hat, wie sie sich ausgedrückt hat."

„Na und, was hast du denn erwartet, bei dem Altersunterschied? Wahre Liebe?"

„Das nicht gerade, aber …"

„Außerdem, was heißt schon geekelt?", unterbrach Ingrid ihn. „Was genau will sie denn bemerkt haben?"

Gruber zuckte mit den Schultern. „Na ja, eigentlich nichts Konkretes. Nur dass die Herzog halt mal einen säuerlich Eindruck gemacht hat, als sie von ihm weg ist."

„Mehr nicht? Vielleicht hatten sie einen Streit? Oder der Grabowski hat im Bett Vorlieben, die sie nicht so teilt …"

„Schon. Aber dazu kommt die Sache mit dem Testament. Immerhin bekommt sie den Großteil seines Vermögens, und das wusste sie."

„Aber sie war an dem Abend doch bei ihrer Mutter, hast du erzählt?"

Gruber nickte. „War sie auch. Ich habe mit der alten Dame heute Nachmittag gesprochen. Aber wenn ich richtig liege, war sie nicht den ganzen Abend dort. Genauer gesagt, könnte sie, nachdem sie ihre Mutter dazu überredet hat, ein Schlafmittel zu nehmen, heimlich nach Siegsdorf zurückgefahren sein. Da hat sie dann auf dem Hügel oberhalb von Grabowskis Haus ihren Wagen abgestellt, ist durch den Wald hinab zu dem Wanderweg neben dem Bach gelaufen, wo sie sich in einen Schuppen versteckt darauf gewartet hat, dass der Grabowski wie jeden Mittwochabend leicht angesäuselt von seinem Schafkopfabend da vorbei nach Hause spaziert. Dann hat sie den völlig ahnungslosen und überraschten Mann in den Bach gestoßen, ist hinterher gesprungen und hat seinen Kopf so lange unter Wasser gedrückt, bis er tot war. Anschließend ist sie wieder zurück nach Altenmarkt gefahren, hat nach ihrer Mutter geschaut und vielleicht noch ein bisschen ferngesehen, und gegen zwei Uhr morgens ist sie dann heimgefahren."

„Großer Gott. Und kannst du das auch beweisen?"

Gruber schüttelte den Kopf. „Beweisen kann ich noch gar nichts …" Er lehnte sich zurück und leerte sein Glas Wein. „Aber der Tag wird kommen."

„Aber wäre das nicht ziemlich riskant für sie gewesen?", wandte Ingrid ein. „Sie wusste ja nicht, wann genau der Grabowski auftaucht. Und stell dir vor, sie hätte unterwegs einen Unfall gehabt, oder jemand hätte sie beobachtet! Oder ihre Mutter wäre aufgewacht?"

„Zugegeben, der Zeitrahmen war wohl ziemlich eng, aber wenn's nicht gepasst hätte, hätte sie ja ohne Weiteres abbrechen können. Und ein Risiko gibt es immer. Fragt sich nur, ob man bereit ist, es einzugehen. Jedenfalls wusste sie, dass wir bei einer genaueren Untersuchung mindestens vier Personen ausfindig machen würden, die ein Motiv gehabt hätten, den Grabowski auszuschalten … Das kann einem schon Mut machen", setzte er hinzu.

„Trotzdem, ganz schön heftig, muss ich sagen."

„Allerdings …" Gruber warf einen Blick zur Küchenuhr. „Na dann, gehen wir schlafen, okay?"

„Ich komme nach. Ich möchte noch ein bisschen fernsehen …"

„Alles klar." Gruber stand auf und ging nochmals ins Bad, während Ingrid in der Küche aufräumte. Als er aufwachte, war es draußen noch stockfinster, und er glaubte schon, er habe schlecht geträumt, als ihm Ingrid sein Mobiltelefon in die Hand drückte. Mit Bischoffs Nummer auf dem Display.

Gruber setzte sich auf, räusperte sich und sagte: „Ja …?"

„Tut mir leid, dich zu stören, aber der Schwab hat vor einer halben Stunde versucht, in eine Waldgaststätte bei Neukirchen am Teisenberg einzubrechen."

„Und?"

„Der Besitzer hat ihn dabei überrascht, und er ist geflohen."

„Wurde jemand verletzt dabei?"

„Soviel ich weiß, nicht …"

„Hat die Gaststätte auch einen Namen?"

„Entschuldige. Beim Hellmann oben, hat der Kollege gesagt. Kennst du das?"

„Ja. Wo bist du jetzt?"

„Noch zuhause. Aber praktisch schon unterwegs."

„Okay, ich komme auch hin."

Gruber stand auf, legte das Handy auf den Nachttisch und begann, sich anzuziehen. Ingrid blieb vor ihm stehen und sah ihm dabei zu. Er sagte: „Kannst du dich an die Wirtschaft erinnern, wo wir im Juli mal waren, beim Hellmann oben?"

Ingrid nickte nur.

„Da ist der Schwab aufgetaucht. Hat versucht, einzubrechen und ist wieder verschwunden. Also langsam macht mich der Kerl wahnsinnig …"

„Können das nicht die Kollegen und die Bischoff erledigen?" Ingrid deutete zum Fenster hinaus. „Da draußen geht es zu wie toll."

Nun hörte auch Gruber, wie der Regen, angetrieben von Sturmböen, gegen die Fenster klatschte. Er winkte ab und sagte: „Sind ja nur ein paar Kilometer …“

27

Gruber stand in der leeren Gaststube am Fenster, eine Tasse lauwarmen Kaffees in der Hand, und blickte trübsinnig auf den Hof der Gastwirtschaft hinaus. Es war inzwischen früher Nachmittag, es regnete noch immer in Strömen, und ihm war klar, dass bei diesem Wetter mit Schneefall in den höheren Lagen eine weitere Suche vorerst sinnlos wäre. Er fragte sich, wie Schwab es geschafft hatte, auch dieses Mal zu entkommen. Hatte der Mann einfach nur mehr Glück als Verstand, oder steckte doch mehr dahinter? War er vielleicht doch ein durchtriebener Schwerverbrecher, dem sein Job als Feuerwehmann nur als Fassade gedient hatte?

Er wollte sich gerade abwenden, seinen Kaffee bezahlen und wieder ins Büro zurückfahren, als der BMW mit Haidegger und Martensen in den Hof einbog. Gleich darauf betraten die zwei polternd und sich abschüttelnd die Gaststube. Beide nickten Gruber kurz zu, hängten ihre Parkas an die Garderobe und setzten sich an den Stammtisch. Sekunden später kam der Wirt, ein stämmiger Mann um die vierzig mit verschwitztem Gesicht, aus der Küche und setzte sich zu ihnen.

„Ist wohl über alle Berge, der Kerl, was?“, fragte er.

„Abwarten“, erwiderte Haidegger mürrisch.

„Was sagt der Wetterbericht?“, fragte Martensen den Wirt.

„Weiter Regen, der in der Nacht in Schnee übergehen soll …“, sagte der Wirt.

„Na prima.“

Der Wirt erhob sich wieder, die Hände auf die Tischplatte gestützt: „Möchten S' was essen, vielleicht eine Brotzeit? Oder möchten S' lieber was Kräftiges. Ich hätt' noch einen Schweinsbraten da.“

„Nur Kaffee …“, sagte Martensen. „Schwarz und stark.“

„Für mich auch“, sagte Haidegger. „Und mit einem Schuss Cognac drin, wenn's geht.“

„Kommt sofort.“ Der Wirt erhob sich und verschwand wieder in der Küche.

„Na, vielleicht noch eine letzte Idee, wo er stecken könnte, Herr Kollege?“, fragte Haidegger. „Oder warum sind Sie noch mal hierher gekommen?“

Gruber schüttelte nur den Kopf und schwieg.

„Jetzt kommen Sie schon her“, sagte Martensen, unerwartet freundlich. „Jeder macht mal einen Fehler…“

Gruber zögerte kurz, setzte sich dann zu den beiden an den Tisch.

„Wie gesagt, eigentlich hatten wir beide uns ja darauf gefreut, Sie mal persönlich kennen zu lernen", sagte Martensen dann. „Das mit Ihrem Salzburger Kollegen war ja eine echte Schweinerei."

„Ich habe ihn für einen Freund gehalten", erwiderte Gruber matt.

„Tja, so kann man sich täuschen …"

„Was macht eigentlich Ihr Mordfall, an dem Sie gerade arbeiten?", fragte Haidegger. „Dieser Tote im Wildbach …"

„Wir kommen ganz gut voran", sagte Gruber.

„Schon eine heiße Spur?"

„Eigentlich sogar zwei, aber …"

Der Wirt servierte den Kaffee, und für eine Weile herrschte Schweigen. Nur aus der Küche erklang leise Radiomusik.

„Also dann, fahren wir zurück ins Hotel", schlug Haidegger vor, nachdem er seine Tasse halb geleert hatte. „Ich schätze, hier können wir nichts mehr machen."

Gruber begleitete die zwei bis vor die Tür, blieb dann im Eingangsbereich stehen, wo er halbwegs vor dem Regen geschützt war, und blickte sich forschend um. Denk wie er, dachte er. Versuch, dich in seine Lage zu versetzen. Was würdest du an seiner Stelle tun? Du bist aufgeflogen, vielleicht sogar verletzt, jedenfalls am Ende deiner Kräfte. Und hast keine Ahnung, wohin du weiter flüchten sollst, wo du Deckung finden könntest. Deine einzige Chance ist nun … Genau: etwas Unerwartetes zu tun, etwas, mit dem deine Verfolger nicht rechnen.

Grubers Blick wanderte über die verschiedenen Nebengebäude der Gastwirtschaft, das baufällige, an der Vorderseite mit Brettern verrammelte Zuhaus, den Geräteschuppen, die Holzhütte und die Doppelgarage. Könnte es sein, dass Schwab erkannt hatte, dass er nach seinem Einbruch nicht weit kommen würde, mitten in der Nacht und auf unbekanntem Terrain? Dass er, noch bevor der erste Streifenwagen eingetroffen war, hierher zurückgekehrt war? Zu der Gaststätte, wo man ihn zuletzt vermuten und suchen würde. Nach der Devise: Wo war es sicherer als im Auge des Hurrikans!

Gruber setzte sich in Bewegung. Er überquerte den Hof, warf einen Blick in den Geräteschuppen, dessen Tor offen stand, inspizierte die ebenfalls zugängliche Holzhütte und ging weiter zum Zuhaus, wo er auf der Rückseite eine morsche, nur angelehnte Holztür vorfand. Er stieß die Tür auf und suchte nach dem Lichtschalter. Er drückte den Schalter, doch nichts tat sich. Er trat ein und versuchte, sich im Halbdunkel zu orientieren. Vor ihm türmte sich ein Stapel ausrangierter Möbel, hinter dem eine Holztreppe sichtbar wurde. Er blickte sich vorsichtig um, die Hand an der Pistole, und stieg dann die Treppe hoch. Er war kaum oben angelangt, als er von hinten einen Schubs erhielt und in ein staubiges Zimmer stolperte, in dem weiterer Sperrmüll gelagert war. Gleichzeitig hörte er, wie jemand mit schweren Tritten die Treppe hinabpolterte. Er rappelte sich wieder auf und folgte dem Flüchtigen.

Als er wieder ins Freie kam, sah er, wie Schwab, keine zwanzig Meter entfernt und mit einer Tasche in der rechten Hand, gerade im Gebüsch westlich der Gaststätte verschwand. Er rannte los, obwohl er sich wenig Hoffnungen machte, den Mann einholen zu können. Doch so flink, wie er befürchtet hatte, war Schwab nicht. Reichlich unbeholfen kämpfte sich der Mann durchs Unterholz und gab Gruber sogar Gelegenheit, Meter für Meter aufzuholen. Zwei Tage auf der Flucht hatten eben ihren Preis. Dann war Schwab plötzlich aus seinem Blickfeld verschwunden, und Gruber dachte schon, der Mann habe sich hinter einem Baum versteckt. Er zog nun doch seine Pistole und verlangsamte sein Tempo. Doch es war nur eine schmale, leicht sumpfige und etwa drei Meter tiefe Senke, die sich vor ihm auftat, mit Schwab schon fast auf der anderen Seite.

Gruber blieb stehen und rief: „Geben Sie endlich auf, Schwab. Das hat doch alles keinen Sinn mehr."

Wieder auf gleicher Höhe mit Gruber, drehte sich Schwab in gebückter Haltung um und fixierte seinen Verfolger: „Sie geben ja auch nicht auf, oder?“, rief er mit gehetzter Stimme zurück.

„Dafür werde ich bezahlt“, erwiderte Gruber. „Aber jetzt sagen Sie mir endlich, was da in Mannheim passiert ist. Warum laufen Sie andauernd davon?“

„Ich habe nur das Geld genommen, sonst nichts. Der Mann war schon tot …“

„Dann verstehe ich nicht, wieso …“

„Da waren noch zwei andere“, unterbrach ihn Schwab. „Die haben mich gesehen und wissen jetzt, dass ich das Geld genommen habe.“

„Haben Sie die Männer erkannt?“

„Nein, eben nicht. Aber die wissen jetzt, wer ich bin …“

„Wie viel Geld war's denn?“

„Ne knappe Dreiviertelmillion …“

Gruber stieß einen Pfiff aus. So war das also. Er hätte beinahe aufgelacht. Das sah doch ganz danach aus, als hätte dieser unfreiwillige Undercover-Agent versucht, auf eigene Faust abzukassieren. Und war dabei aufgeflogen und mit zwei Kugeln im Bauch vor seinen Gangsterfreunden geflüchtet. Und dieser Dummkopf von Feuerwehrmann hatte gemeint, das große Los gezogen zu haben.

„Wissen Sie inzwischen, wer der Tote war?“, fragte Schwab. „Wahrscheinlich ein Drogendealer, oder?“

„Genau. Sie haben also nicht viel zu befürchten.“

„Das glauben Sie vielleicht ...“

„Keine Sorge, das kriegen wir schon wieder hin. Hauptsache, Sie haben mit dem Mord selbst nichts zu schaffen.“

„Und dann?“

„Was dann?“

„Was geschieht dann mit mir? Ich meine, mal angenommen, ich gebe das Geld zurück und Sie lassen mich wirklich laufen, glauben Sie, diese Typen vergessen mich dann einfach?“

„Dafür finden wir auch eine Lösung ...“

„Und wenn nicht?“

Grubers Geduld schwand ein wenig. Erst Mist bauen und dann nach Sicherheiten verlangen, dachte er leicht verärgert. Er steckte seine Pistole wieder ein und winkte Schwab zu, er solle zu ihm herüberkommen.

„Jetzt machen Sie sich deswegen mal keine Sorgen“, sagte er. „Das kriegen wir schon in Griff.“

„Wie denn? Indem Sie mir Polizeischutz geben? Daran glauben Sie doch selbst nicht ...“ Nach diesen Worten drehte er sich um und stolperte weiter.

Verdammter Blödmann, dachte Gruber und ließ sich die Senke hinabgleiten. Doch kaum unten angekommen, wurde ihm plötzlich schwindlig. Kalter Schweiß stand ihm auf der Stirn und seine Beine versagten ihren Dienst. Im letzten Moment konnte er sich noch an einem Baumstamm festhalten. Dann eben nicht, sagte er sich.

28

„Ich fasse es nicht. Ich fasse es einfach nicht …" Haidegger lief wie ein eingesperrtes Tier in der Gaststube auf und ab und warf Gruber einen vernichtenden Blick nach dem anderen zu. „Da könnte man ja fast auf den Gedanken kommen, Sie hätten es darauf angelegt, dass der Mann wieder entkommt."

Gruber sagte nichts. Er klammerte sich an seine Kaffeetasse und hielt den Blick gesenkt. Wie sollte er dem Mann auch erklären, dass es nicht seine Art war, immer gleich Unterstützung anzufordern und sich nach allen Seiten abzusichern. Ich hätte die beiden erst gar nicht verständigen sollen, dachte er verärgert. Dann könnten sie vielleicht bis in alle Ewigkeit darüber rätseln, was da in Mannheim schiefgelaufen war. Immerhin hatten sie dank seines Alleingangs nun eine Erklärung für die Ereignisse, und eine durchaus glaubhafte dazu, wie er fand.

„Ihr Instinkt in allen Ehren", setzte Haidegger seine Tirade fort, „aber vielleicht sollten Sie zur Abwechslung auch mal Ihren Verstand benutzen. Da haben Sie den Mann direkt vor der Nase und …"

„Und Sie haben wirklich keine Möglichkeit gesehen, ihn zu stoppen?", ergänzte Martensen. „Ich meine, Sie haben ja auch bei dieser Salzburg-Geschichte nicht gezögert, von Ihrer Waffe Gebrauch zu machen?"

Gruber schüttelte nur den Kopf. Verschwieg weiter, dass er durchaus die Möglichkeit gehabt hätte, Schwab durch einen Schuss ins Bein aufzuhalten. Aber genau das hätte er niemals riskiert. Selbst wenn er weniger davon überzeugt gewesen wäre, dass Schwab ihm die Wahrheit erzählt hatte. Auch an einem Beinschuss konnte man schließlich verbluten, von dem Risiko, versehentlich einen tödlichen Körpertreffer zu landen, ganz zu schweigen. Zumal es eine Formulierung gab, die er zutiefst verabscheute: auf der Flucht erschossen!

Bischoff betrat die Gaststube, warf einen kurzen Blick in die Runde und setzte sich dann wortlos zu Gruber an den Tisch. Sie lächelte ihm aufmunternd zu.

„Gut, dass du kommst", murmelte Gruber. „Ich komme mir schon vor wie bei einem stalinistischen Schauprozess."

„So schlimm? … Und, hat sich inzwischen was Neues ergeben?"

„Nein …"

Haidegger blieb in der Mitte der Gaststube stehen und klatschte unvermutet in die Hände. „Also dann, was unternehmen wir jetzt? In einer Stunde ist es dunkel …"

„Irgendwo muss er ja wieder auftauchen“, rief der Wirt, der von der Küchentür aus die Auseinandersetzung verfolgt hatte.

„Grandiose Erkenntnis. Sonst noch Vorschläge?“ Haidegger blickte auffordernd zu Gruber.

„Lassen Sie ihn laufen“, sagte Gruber. „Wenn er nicht ganz dumm ist, wird er irgendwann von selbst zur Vernunft kommen und sich stellen.“

„Und wenn nicht?“

„Dann wird die Welt auch nicht untergehen …“

„So, meinen Sie?“

Haidegger bedeutete seinem Kollegen Martensen mit einer Kopfbewegung, ihm nach draußen zu folgen.

„Na endlich“, sagte Gruber, sowie die Haustür hinter den beiden zugefallen war.

„Du mit deinen Ideen …“, sagte Bischoff.

„Was hätte ich denn machen sollen?“, erwiderte Gruber. „Dich anrufen und sagen, komm wieder her, damit wir uns noch mal genauer umschauen? Das ist doch lächerlich.“

„Immer noch besser, man macht sich lächerlich, als unnötig Kopf und Kragen zu riskieren.“

„Ich habe nichts riskiert“, sagte Gruber. „Aber jetzt wissen wir endlich, was los ist, warum er dauernd wegrennt.“

„Und das hast du ihm wirklich einfach so geglaubt? Dass er den Toten nur gefunden und ihm einen Haufen Geld abgenommen hat?"

„Es klang ziemlich überzeugend."

„Und wieso stellt er sich dann nicht? Dass er mit dem Geld nicht glücklich werden wird, dürfte ihm doch langsam klar sein."

„Na eben wegen dieser zwei Typen, die hinter ihm her sind …"

„Das sagt er. Und wenn es diese Typen gar nicht gibt?"

„Warum soll es sie nicht geben? Irgendwer muss diesen Undercover-Dealer in Mannheim ja schließlich ermordet haben, oder?"

„Dann könnten wir ihn doch schützen!"

„Tja, genau das ist die Frage …"

„Und jetzt?"

„Jetzt können wir nur hoffen, dass er nicht noch mehr Unsinn anstellt." Gruber schob seine Kaffeetasse über den Tisch und stand auf. „Machen wir Schluss für heute …"

Doch Gruber war kaum losgefahren, als ihm einfiel, dass er einen kleinen Umweg machen könnte, hinauf nach Vorauf zu dieser Feriensiedlung und von dort hinunter nach Siegsdorf. Auch wenn ihm vollkommen klar war, dass die Chance, Schwab könnte ihm dabei wie ein aufgescheuchtes Reh über den Weg laufen, eins zu einer Million stand.

Er stoppte unterwegs zweimal, um sich kurz umzuschauen, aber nichts. Weit und breit keine Spur von dem Mann. Von Siegsdorf aus fuhr er auf dem kürzesten Weg nach Hause, wo er seine verdreckten Schuhe und seine durchnässte Hose einfach in eine Ecke schleuderte, ehe er sich unter die Dusche stellte. Dann schlüpfte er in seinen Bademantel und setzte sich vor den Fernseher, sein Handy neben sich. Als er erwachte, lief bereits die Tagesschau. Er machte Licht und ging in die Küche, um sich eine Pfanne mit Spiegeleiern zuzubereiten.

Er hatte gerade aufgegessen und war eben dabei, sich eine zweite Flasche Bier aus dem Kühlschrank zu holen, als Ingrid zur Tür hereinkam. Nicht sonderlich gut gelaunt, wie es ihm schien.

„Was ist denn mit dir los?“, fragte sie. „Seit wann lässt du deine Sachen einfach im Flur liegen?“

„Ich räume sie schon weg“, sagte Gruber.

„Das will ich auch hoffen“, erwiderte sie und verschwand wieder.

Gruber fühlte unvermutet Zorn in sich hochsteigen. Auch wenn Ingrid seine Frau war und das Beste, was ihm das Leben bisher geboten hatte, dies war immer noch sein Haus, erbaut von seinem Großvater und mühsam erhalten von seinen Eltern. Sein Fluchtpunkt, sein Refugium in dieser verrückt gewordenen Welt. Niemand hatte ihm hier Vorschriften zu machen. Niemand, und schon gar nicht nach solch einem Tag! Er räumte Teller und Besteck ab und stampfte dann vor die Haustür, hinaus in den eiskalten Regen. Es dauerte keine halbe Minute, bis Ingrid ihm sanft die Hand auf die Schulter legte.

„Tut mir leid“, sagte sie, „aber ich habe auch einen schlechten Tag hinter mir.“

Gruber drehte sich um und nahm sie in den Arm. „Ärger im Geschäft oder was Ernsthaftes?“

„Komm, jetzt mach dich nicht lustig über mich.“

„Tue ich nicht, ehrlich. Aber ich meine …“

Ingrid löste sich von Gruber und ging wieder in das Haus hinein. „Irgendwie muss durchgesickert sein, dass ich mich wieder selbstständig machen möchte“, erklärte sie ein paar Minuten später, als sie in der Küche zusammensaßen und sich eine Nachspeise aus Mousse au Chocolat, Vanilleeis und Früchten teilten. „Jedenfalls war der Chef heute so freundlich wie schon lange nicht mehr. Hat mich gelobt und gefragt, ob es mir irgendwie möglich wäre, die Wochen vor Weihnachten ganztags zu arbeiten. Und zuletzt hat er mir fürs nächste Jahr noch eine Gehaltserhöhung angekündigt.“

„Und das nennst du einen schlechten Tag?“ Gruber konnte sich ein Lächeln nicht verkneifen.

Ingrid sagte nichts.

„Entschuldige … Und deswegen meinst du jetzt, er wüsste über deine Pläne Bescheid?“

„Was sonst? Die kennen sich doch alle untereinander. Wahrscheinlich ist der Besitzer von dem leerstehenden Laden, in dem ich gestern nachgefragt habe, mit meinem Chef in irgendeinem Verein, oder so.“

„Du hast schon gefragt?“ Gruber legte seine Gabel beiseite und blickte Ingrid erstaunt an. Er fühlte sich ein wenig übergangen. „Warum hast du mir nichts davon erzählt?“

„Du warst gestern so beschäftigt und da wollte ich …“

„Und, was hat er gesagt?“, unterbrach Gruber sie.

„Er wollte sich nicht festlegen. Hat sich damit rausgeredet, dass er schon andere Angebote hätte und warten wolle, bis er die alle geprüft hätte …“

„Und jetzt befürchtest du, dass er dir den Laden ganz bestimmt nicht vermietet?“

Ingrid nickte nur.

„Und wenn schon. Es werden doch ständig irgendwo in der Stadt Läden frei …“

„Aber nicht in so einer optimalen Lage. Wenn ich keine Laufkundschaft habe, kann ich die Sache gleich wieder vergessen.“ Ingrid stand auf und räumte ihren leeren Teller weg. „Was ist denn nun mit diesem Schwab?", fragte sie dann. „Ihr habt ihn immer noch nicht, stimmt's?"

„Stimmt, er ist uns wieder entwischt …"

„Und wie lange soll das noch so weitergehen?"

Gruber winkte ab. „Alles halb so schlimm inzwischen. So wie es aussieht, hat er zwar Mist gebaut, aber keinen Mord begangen. Mit etwas Glück erledigt sich die Sache von selbst."

29

Schwab wischte sich mit dem Handrücken die Nässe aus dem Gesicht und starrte weiter auf das Haus unterhalb von ihm, geplagt von widersprüchlichen Gefühlen. Auch wenn er wieder einmal entwischt war und für diese Nacht wohl nichts mehr zu befürchten hatte, so richtig freuen konnte er sich nicht. Klar war es unglaublich, dass er sich noch immer auf freiem Fuß befand, dass er vielleicht noch eine Chance hatte. Aber er fragte sich immer häufiger, ob er wirklich das Richtige tat, ob es nicht doch besser wäre, sich zu stellen und dem ganzen Spuk ein Ende zu bereiten.

Ständig auf der Flucht zu sein, das war doch auch kein Leben. Und vielleicht begriffen die Bullen jetzt endlich, dass er wirklich Angst hatte. Dass er nicht davonlief, weil er so scharf auf das Geld war, sondern befürchtete, von diesen Unterweltfiguren abgemurkst zu werden. Dieser Kommissar Gruber schien ja ein ungewöhnlich vernünftiger Typ zu sein. Ein paar mehr von der Sorte und dazu ein verständnisvoller Richter, und schon wäre er aus dem Gröbsten raus. Und vielleicht würden sie ihm ja doch eine neue Identität verpassen.

Er grinste unwillkürlich in sich hinein. Jedenfalls bräuchte er sich später nicht vorzuwerfen, dass er nicht alles versucht hätte. Ja, eigentlich könnte er sogar stolz auf sich sein, so wie er seine Verfolger auf Trab gehalten hatte. Und wenn er jetzt freiwillig aufgab und mit offenen Karten spielte, also das gesamte Geld der Polizei übergab, müssten sie ihm auch entgegenkommen. Genau, das war die Lösung! Schwab jubelte innerlich auf. Genau, er würde mit den Bullen einen Deal machen: das Geld gegen eine neue Identität. Wieso war ihm das nicht schon längst eingefallen?

Er gähnte und taxierte erneut das Haus, das etwa siebzig Meter entfernt dunkel und ruhig am Fuß des Abhangs dastand. Es war noch immer nichts zu bemerken, was auf Bewohner hingewiesen hätte, und er überlegte, ob er es nicht langsam riskieren könnte. Es war gleich zwanzig Uhr, und wenn er noch länger hier hocken blieb, durchnässt, erschöpft und ausgehungert, würde er vielleicht einschlafen und womöglich nicht mehr aufwachen. Aber konnte er wirklich davon ausgehen, dass das Anwesen leer stand, nur weil bis jetzt niemand aufgetaucht war? Dass es nur am Wochenende oder in der Ferienzeit irgendwelchen Leuten dazu diente, das Landleben zu genießen? Jedenfalls brannte nirgendwo Licht im Haus, und die Versuchung, endlich ins Trockene zu kommen und vielleicht auch etwas zu essen zu finden, wurde allmählich übermächtig.

Genau, dachte er, so könnte es gehen. Er würde sich in dem Haus ein wenig erholen, vielleicht sogar duschen und sich ausschlafen und sich dabei eine Strategie zurechtlegen. Überlegen, ob es nicht vielleicht klüger wäre, den Deal über einen Rechtsanwalt laufen zu lassen. Dann würde er diesen Kommissar Gruber anrufen und ihm seinen Entschluss mitteilen, verbunden mit der Bitte, die Fahndung nach ihm vorläufig einzustellen. Diesen zweiten Einbruch müsste er halt in Kauf nehmen, das spielte jetzt auch keine Rolle mehr. Er horchte kurz, doch ringsum war nur der Regen und das Ächzen der Baumwipfel zu hören. Er wartete noch ein paar Minuten, dann packte er seine Tasche und richtete sich auf, bereits zitternd vor Kälte und Erschöpfung, und lief in geduckter Haltung los, den Abhang hinab, vorbei an ein paar schrundigen Obstbäumen und einem Bienenhäuschen.

Am Haus angekommen, blieb er stehen und blickte sich prüfend um. Die Fenster im Wohngebäude kamen nicht in Frage, stellte er fest, waren alle mit massiven Fensterkreuzen gesichert. Und wie erwartet, fand er sowohl die Terrassen- als auch die Haustür fest verschlossen vor. Was nun? Er wandte sich dem ehemaligen Stallgebäude zu, aber auch hier war die hölzerne Hintertür fest verriegelt. Blieben die vier lukenartigen Fenster zur Waldseite hin.

Er zögerte kurz, zog dann seine Jacke aus, wickelte sie um seinen linken Arm und schlug mit dem Ellbogen eines der Fenster ein. Er schlüpfte wieder in seine Jacke, beseitigte sorgfältig alle Scherbenreste am Fensterrahmen und zwängte sich dann mit den Füßen voran in das gewölbeartige, vollkommen leere und ziemlich kalte Innere. Er holte seine Tasche nach und tappte vorsichtig über den mit Natursteinen gepflasterten Boden in Richtung Wohntrakt. Und hatte Glück. Die Verbindungstür war nicht zugesperrt.

Aufatmend trat er in die Wärme, die ihn nun umfing, und fand sich gleich darauf in einem großen Wohnzimmer mit offenem Kamin und freistehender Treppe ins Obergeschoss wieder. Er ließ seine Tasche fallen und wartete ab, bis sich seine Augen an die Dunkelheit hier drin gewöhnt hatten, ging dann zur Terrassentür und spähte hinaus. Nirgendwo ein Lebenszeichen. Nur pechschwarze Nacht ringsum. Na wunderbar. Erst dann bemerkte er die Unordnung in dem Raum, die halbleeren Regale und die an die Wand gelehnten Bilder. Ganz so, als ob jemand gerade einziehen würde. Er verschwendete keinen weiteren Gedanken daran, ging in die Küche nebenan und öffnete den Kühlschrank. Zu seiner freudigen Überraschung war alles vorhanden, was er für den Moment brauchte:

Käse, Wurst und Milch. Aber die vielen angebrochenen Packungen sagten ihm auch, dass das Haus doch wohl ständig bewohnt war. Er verdrängte diesen Umstand, nahm dies und das heraus und setzte sich damit an den Küchentisch. Er ließ es sich schmecken und dachte, jetzt noch eine Zigarette und die Sache wäre perfekt. Er warf ein paar Reste in den Mülleimer, griff nach seiner Tasche und ging die Treppe ins Obergeschoss hinauf. Er inspizierte kurz alle Räume, zwei unterschiedlich große Schlafzimmer, ein Arbeitszimmer, ein Abstellraum und ein kleines Bad mit Dusche. Er öffnete einen der Kleiderschränke und fand nur Männersachen, alles ein, zwei Nummern zu groß für ihn. Egal. Er warf sich angezogen aufs Bett und dachte: nur ein paar Minuten und dann unter die Dusche. Drei Sekunden später war er eingeschlafen.

30

Das Erste, was Gruber beim Aufwachen verspürte, war ein Kratzen im Hals. Er räusperte sich, schluckte ein paar Mal und wusste dann aus Erfahrung: es war eine Erkältung im Anzug. Noch einen Tag, vielleicht auch weniger, und er würde Fieber kriegen, Schüttelfrost und ein paar Nettigkeiten mehr. Er blickte auf die Uhr. Halb neun. Er hörte Ingrid unten im Flur telefonieren. Sie sagte nicht viel mehr als „ja“ und „mache ich“. Er raffte sich auf, schlüpfte in seinen Morgenmantel und ging hinunter. Ingrid stand in der Tür zur Küche und blickte ihn forschend an.

„Warum hast du mich nicht geweckt?“, fragte er.

„So gut, wie du geschlafen hast …“

„Was Neues vom Schwab?“

„Die Bischoff hat gerade angerufen. Keine Spur von ihm, wie vom Erdboden verschluckt.“

Gruber schüttelte den Kopf. „Der Kerl macht mich noch wahnsinnig.“

Ingrid musterte ihn besorgt. „Ich glaube, du solltest lieber im Bett bleiben, würde ich sagen.“

„Geht nicht …“

„Und wieso nicht? Was wollt ihr denn noch unternehmen, um ihn zu kriegen?“

Statt zu antworten, wandte sich Gruber in Richtung Badezimmer. Doch Ingrid kam hinterher und hielt ihn am Arm fest.

„Erst verrätst du mir endlich mal, was da zwischen dir und diesem Schwab läuft!“, sagte sie. „Das ist doch nicht normal, wie du dich für diesen Kerl einsetzt.“

„Das hast du mich schon mal gefragt“, wehrte Gruber ab.

„Eben. Und jetzt frage ich dich wieder. Ich habe mich schon auf der Autobahn gewundert, wieso du so besorgt um ihn warst, um einen völlig Fremden, der auch noch zu blöd zum Autofahren war. Und jetzt glaubst du ihm auch noch alles, was er dir erzählt und lässt ihn lieber laufen, als …“ Ingrid stockte.

„Als was? Als ihn zu erschießen, meinst du?“

„Das habe ich nicht gesagt …“

Eine Pause entstand.

„Ich kann's mir selbst nicht erklären, diese … Na ja, wie soll ich sagen: diese spontane Zuneigung“, sagte Gruber dann und mühte sich ein Grinsen ab. „Es ist jedenfalls nicht das, was du jetzt vielleicht denkst. Wenn ich jemals in meinem Leben für einen Mann geschwärmt habe, dann für den Schott.“

„Aber irgendeinen Grund muss es doch geben“, beharrte Ingrid. „ Erinnert er dich vielleicht an jemanden?“

„Nein … Wüsste nicht, an wen.“

„Na schön, aber was ist es dann?“

„Ich weiß es nicht, ehrlich. Vielleicht, weil er so ängstlich und verloren ausgesehen hat, während wir auf den Hubschrauber gewartet haben.“

„Warum er so ausgesehen hat, wissen wir inzwischen …“

„Ja, ja, nachher ist man immer klüger.“ Gruber drehte sich um und ging ins Bad.

31

Schwab schreckte auf, wusste sekundenlang nicht, wo er sich befand. Er blickte sich verwirrt um. Vom einzigen Fenster fiel Licht ins Zimmer, grau und diesig. Das Zimmer selbst war schlicht möbliert, ein Schrank, ein kleiner Schreibtisch mit einem Stuhl davor, ein Sessel mit einer Leselampe. Dann fiel ihm endlich ein, dass er in dieses Haus am Waldrand eingebrochen war, dass er sich eigentlich hatte duschen und umziehen wollen. Er setzte sich auf und rieb sich die Augen. Seine Uhr zeigte 12:33 Uhr an. Das hieß, er hatte über vierzehn Stunden geschlafen. Erst jetzt bemerkte er, wie kalt ihm war und dass er dringend auf die Toilette musste. Im nächsten Augenblick hörte er die Stimmen. Sie ertönten von unten, ein Mann und eine Frau. Er erhob sich ungelenk und trat zur halb offen stehenden Tür. Lehnte sich gegen den Türrahmen und horchte angestrengt.

„Herrgott noch mal, tu mir einen Gefallen und fang jetzt nicht schon wieder damit an“, hörte er den Mann sagen. Heftig und aufgeregt. „Jetzt, wo es zu spät ist, weißt du auf einmal alles besser. Du hast doch selbst gesagt, dass wir die Sache so und nicht anders durchziehen sollen? Und dass wir damit bis zum Herbst warten sollen, wenn die

Nächte länger sind und keiner mehr draußen unterwegs ist."

„Ja, schon", sagte die Frau, ebenfalls erregt. „Aber …"

„Nix aber. Und ich sag's dir jetzt zum letzten Mal: Wie zum Teufel hätte ich denn wissen können, dass der blöde Kerl ihr so gut wie alles vermacht? Zu mir hat er noch letzte Woche gesagt, dass er ganz zufrieden wäre, wie es so läuft. Von Heiraten oder Kinderwunsch hat er kein Wort erwähnt, der falsche Hund."

„Trotzdem hättest du vorher nachsehen können …"

„Ja, ja, ja …"

Beide etwa in seinem Alter, schätzte Schwab. Vielleicht um die Mitte dreißig. Und beide wegen einer Sache verärgert, die sich gar nicht gut anhörte. Vielleicht besser, er verdrückte sich, solange die zwei noch mit sich selbst beschäftigt waren.

„Wie auch immer, wir werden das Testament auf jeden Fall anfechten", sagte der Mann weiter. „Das wäre ja noch schöner, dass dieses Miststück alles kassiert."

„Was glaubst du eigentlich, wie viel wir für das Haus hier kriegen?"

„Du hast den Makler doch gehört. Eine gute Million auf jeden Fall …"

„Aber auch nur, wenn uns dieser komische Kommissar keinen Strich durch die Rechnung macht."

„Wie denn?"

„Ich weiß nicht. Aber der Kerl ist kein so blöder Provinzbulle, wie ich zuerst gedacht habe. Auch wenn er so ausschaut …"

Schwab verharrte an der Tür. Komischer Kommissar und Provinzbulle! Redeten die etwa von diesem Kommissar Gruber? Neugierig geworden, öffnete er die Tür ein Stück weiter und spähte um die Ecke in Richtung Treppe. Wenn er gestern Nacht richtig gesehen hatte, befanden sich die zwei in dem Wohnraum mit Kamin unterhalb der Galerie.

„Der kann uns gar nichts", sagte der Mann nun. „Was er vielleicht von uns denkt und was er beweisen kann, ist zum Glück immer noch zweierlei."

„Und mit welcher Begründung willst du das Testament anfechten? Du hast doch gehört, dass eine Kopie genauso gültig sein kann wie das Original?"

„Keine Ahnung. Vielleicht wegen falscher Versprechungen. Das glaube ich doch nie im Leben, dass diese Dorfnutte noch Kinder von ihm wollte. Was wir auf jeden Fall brauchen, ist ein guter Anwalt, am besten auch einen aus München …"

„Aber erst mal fahren wir weg, oder?"

„Klar doch. Sowie der Erbschein auf dem Tisch liegt und wir für die Bude hier einen Käufer gefunden haben, fliegen wir auf die Malediven."

Schwab drehte sich um und trat in die Mitte des Zimmers zurück. Er dachte an seine guten Vorsätze vom Vorabend, zögerte aber plötzlich. Irgendwas war faul hier: Bulle, Testament, Anfechten. Die zwei hatten Dreck am Stecken, keine Frage. Und so gereizt, wie sie waren, würden sie ihm vermutlich eher Prügel als einen Kaffee anbieten, während sie auf das Eintreffen der Polizei warteten. Besser, er ging den beiden aus dem Weg. Irgendwo in der Nähe würde er schon eine Telefonzelle finden, um diesen Kommissar Gruber zu kontaktieren. Derart in Gedanken versunken, übersah er den Stuhl vor dem Schreibtisch und stieß dagegen. Der Stuhl kippte geräuschvoll gegen die Schreibtischkante, und Schwab stand sekundenlang ratlos da.

Was nun? Flüchten oder standhalten? Einen Augenblick lang war er versucht, seine Tasche zu packen und sich durch das Fenster davonzumachen. Ließ es nach einem Blick nach unten aber sein. Auch wenn er sich nur im ersten Stock befand, konnte Eile böse enden. Dann hörte er auch schon Schritte auf der Treppe, und gleich darauf standen die beiden in der Tür, ein etwa fünfunddreißigjähriger Mann, rotblond und kräftig gebaut, und eine etwas jüngere Frau. Der Mann hielt einen Schürhaken in der rechten Hand.

Schwab hob die Hände an und versuchte ein Lächeln, doch bevor er sagen konnte: „Hören Sie, Sie haben nichts zu befürchten. Rufen Sie einfach die Polizei, damit die mich hier abholen, okay!", zeichnete sich nach der ersten Überraschung blitzschnell Aggression in den groben Gesichtszügen des Blonden ab. Er trat ein und machte mit nun erhobenem Schürhaken Anstalten, auf Schwab loszugehen.

Schwab griff instinktiv nach dem Stuhl, um den Mann damit auf Distanz zu halten. Doch er hatte den Stuhl kaum in der Hand, als der andere auch schon zuschlug. Der Hieb ging ins Leere, und Schwab bekam es nun wirklich mit der Angst zu tun. Der Kerl meinte es ernst, so viel stand fest. Schwab wich zum Fenster zurück und stieß nun seinerseits mit den Stuhlbeinen nach dem Blonden. Eher halbherzig, nur um den Mann zu stoppen, nicht aber, um ihn zu verletzen. Der andere parierte den Stoß und schlug erneut nach Schwab. Einen Sekundenbruchteil, bevor der Schürhaken den Stuhl traf, konterte Schwab und rammte dem Blonden das rechte hintere Stuhlbein ins Gesicht. Erschrocken über die sofort auftretende, heftige Blutung im Mundbereich des Blonden hielt er inne, und gab so dem Blonden Gelegenheit, mit dem Schürhaken auf seinen Kopf zu zielen. Doch bevor er den Stuhl wieder hochreißen konnte, spürte er einen unglaublich heftigen Schlag gegen seine Stirn. Im nächsten Augenblick wurde ihm schwarz vor Augen.

32

„Es war reine Notwehr, das müssen Sie mir glauben", nuschelte Baumann. „Er ist mit dem Stuhl auf mich losgegangen und da habe ich zugeschlagen."

Gruber achtete nicht auf ihn, blickte weiter ungläubig auf den Mann zu seinen Füßen, konnte es nicht fassen. Schwab tot. Erschlagen wie ein tollwütiger Hund. Das Blut in Schwabs Gesicht bereits eingetrocknet und dunkel verfärbt. Vermutlich eine massive Hirnblutung, wie ihm der Arzt gleich nach seiner Ankunft mitgeteilt hatte. Erst als Bischoff nach seinem Arm griff, wandte er sich ab und verließ das Zimmer. Er fühlte sich plötzlich schlecht und unnütz und machte sich die heftigsten Vorwürfe. Wie viele Chancen hatte er eigentlich gehabt, um Schwab einzufangen und damit zu retten? Im Wohnzimmer ließ er sich auf die Couch fallen und starrte ins Leere, während um ihn herum die Beamten der Spurensicherung eintrafen und wortlos nach oben eilten. Bischoff brachte ihm ein Glas Wasser aus der Küche und setzte sich neben Gruber auf die Couch.

„Irgendwie hatte es ja so kommen müssen", sagte sie.

„Es ist alles meine Schuld", sagte Gruber. „Ich bin so ein Idiot …"

„Sag doch so was nicht. Warum denn?“

„Dieser Haidegger hatte völlig Recht. Ich hätte ihn stoppen sollen, als ich die Gelegenheit dazu hatte. Aber nein …“

Gruber trank einen Schluck Wasser und winkte Baumann, der eben die Treppe herabgekommen war, zu sich her. „Also dann erzählen Sie mal, was genau ist passiert?“

Baumann setzte sich mit mürrischer Miene in einen Sessel, tupfte sich dabei mit seinem bereits ziemlich blutigen Taschentuch die Lippen ab. Sein Kinn war angeschwollen und hatte eine rotblaue Färbung angenommen. Er sagte: „Sie sehen ja, was passiert ist. Der Scheißkerl hat mir ein paar Zähne ausgeschlagen …“

„Geht's auch ein wenig genauer? Und vor allem, von Anfang an?“

„Na ja, wir waren kaum angekommen und wollten uns gerade einen Kaffee machen, da haben wir von oben ein Geräusch gehört. Also habe ich mir den Schürhaken geschnappt und bin nachsehen gegangen.“

„Sie allein?“

„Ja …“

„Und was für ein Geräusch war das?“

„Eine Art Poltern. Als ob irgendwas umgefallen wäre …“

„Und dann?"

„Na ja, ich bin rauf und habe in die Zimmer geschaut, und da stand er plötzlich vor mir und hat mir den Stuhl ins Gesicht geschlagen. Und da habe ich auch zugeschlagen. Aber nicht, dass Sie jetzt denken, ich wollte ihn umbringen, das ganz bestimmt nicht."

„Was ich denke, können Sie ruhig mir überlassen. Ich frage mich nur, wieso er nicht versucht hat zu flüchten? Wieso er gleich den wilden Mann gespielt hat?"

„Weiß ich doch nicht. Aber so war's …"

Gruber nickte und versuchte, sich die Situation vorzustellen. „Ich frage mich auch", sagte er dann, „wie Sie ihn am Kopf treffen konnten, wenn doch der Stuhl zwischen ihnen beiden war?"

Baumann schüttelte den Kopf. „War aber so." Er wischte sich erneut die Lippen ab und inspizierte mit dem Zeigefinger ungeniert seine Zahnlücke. „Ich weiß, ich hätte vielleicht einen Rückzieher machen sollen", sagte er dann, „aber ich war so wütend auf einmal, dass ich mich einfach auf ihn gestürzt habe. Dass ich ihn am Kopf und dann gleich so heftig treffen würde, damit habe ich nicht gerechnet, ehrlich."

„Na schön. Dann lassen Sie sich jetzt erst mal verarzten, anschließend sehen wir weiter. Aber nicht, dass Sie jetzt denken, damit wäre die Sache schon erledigt …“

Baumann erhob sich und verschwand irgendwo im Haus.

„Und jetzt?“, fragte Bischoff.

„Ich muss raus hier“, erwiderte Gruber und erhob sich ebenfalls. „Fahren wir ins Dorf runter. Einverstanden?“

33

„Wenn des so weitergeht, macht des fei koan guten Eindruck", sagte der Wirt der Alpenrose, kaum dass Gruber und Bischoff das Lokal betreten hatten. „Ein Toter nach dem anderen …"

Gruber winkte ab und setzte sich mit Bischoff an einen Ecktisch in der noch leeren Gaststube.

„Das hat sich ja schnell herumgesprochen", sagte Bischoff zum Wirt.

„Mei, ist ja auch eine Sensation, so was. Des ist ja fast so, als läg ein Fluch auf dem Haus vom Grabowski … Was derf ich Eahna bringen?"

„Kaffee", erwiderte Gruber barsch. „Schwarz und ohne jeden weiteren Kommentar, wenn's geht."

„Zu Befehl, Herr Kommissar. Und die nette Frau Kollegin?"

„Haben Sie auch Tee?", fragte Bischoff.

„Schwarz, Frucht oder grün?"

„Frucht."

„Wird g'macht."

„Und, was glaubst du? Hat es sich so abgespielt oder lügt er, der Herr Möchtegern-Erbschleicher", fragte Gruber mit gesenkter Stimme, sowie der Wirt in der Küche verschwunden war.

„Warum sollte er lügen?"

„Ja, warum wohl? Trotzdem gefällt mir die Geschichte nicht. Einmal die Sache mit dem Stuhl und zweitens, dass er allein hoch ist …"

„Was stört dich denn daran wieder?"

„Würdest du deinen Mann nicht begleiten, wenn er im Haus nachsehen geht, weil er irgendwo ein verdächtiges Geräusch gehört hat? Vor allem dann, wenn man weiß, dass sich ein flüchtiger Krimineller in der Gegend herumtreibt."

„Ich vielleicht schon, aber das heißt nicht …"

„Das heißt vor allem, dass wir nur seine Aussage, seine Version haben", unterbrach Gruber sie. „Und das wiederum heißt, dass sich die beiden nicht widersprechen können, wenn wir sie in die Mangel nehmen. Und dass der Schwab plötzlich so gewalttätig wurde, kann ich mir auch nicht vorstellen."

„Aber du hast doch gesehen …"

„Darf ich kurz stören?", unterbrach sie eine männliche Stimme.

Gruber blickte ungehalten hoch, brauchte ein, zwei Sekunden, um den Mann einzuordnen. Es war dieser neue Pressemensch, dessen Name ihm längst wieder entfallen war. „Jetzt nicht", bestimmte er. „Wir melden uns, wenn wir was für Sie haben, okay?"

„Haben Sie meinen letzten Bericht gelesen?"

„Ich lese keine Zeitung … Und für Leute wie Sie haben wir einen Pressesprecher, fällt mir eben ein."

„Der sagt aber nicht viel, wie ich inzwischen herausgefunden habe!“

„Deswegen hat er den Job ja …“

„Na schön, dann warte ich draußen auf Sie“, sagte Schneider und machte kehrt. Passierte dabei Hedwig Herzog, die als Nächste an den Tisch der Beamten trat, ganz in Schwarz gekleidet und sichtlich schlecht gelaunt.

„Könnte ich Sie kurz sprechen?“, fragte die Frau Gruber.

„Muss das jetzt sein?“

Die Frau ignorierte Grubers Einwand, zog sich einen Stuhl heran und setzte sich ihm gegenüber an den Tisch. „Wie ich gehört habe, waren Sie bei meiner Mutter in Altenmarkt. Was haben Sie sich davon eigentlich versprochen?“

„Warten Sie's ab …“

„Jetzt sagen Sie bloß, Sie verdächtigen mich?“

„Warum nicht? Wie heißt es doch so schön: Folge dem Sex oder dem Geld. Und auf Sie trifft gleich beides zu.“

„Und wieso auf einmal?“

„Nun, es sind da bestimmte Hinweise aufgetaucht“, erwiderte Gruber ausweichend.

„Dass ich nicht gerade begeistert war von seiner Idee, noch ein Kind von ihm zu kriegen, gebe ich gerne zu“, sagte die Frau. „Und dass er mir sein ganzes Geld vermacht, war auch seine Idee. Aber dass Sie deswegen glauben, ich könnte etwas mit seinem Tod zu tun haben, ist einfach absurd."

„Nun, soviel ich bei meinem Besuch erfahren habe, haben Sie Ihre Mutter an diesem Abend dazu überredet, ein Schlafmittel zu nehmen", führte Gruber aus. „Als die alte Dame dann eingeschlafen war, könnten Sie rein theoretisch nach Siegsdorf zurückgefahren sein und die Tat begangen haben."

Die Frau schüttelte mit angewidertem Gesichtsausdruck den Kopf. „Sie haben eine echt kranke Phantasie, das muss ich Ihnen schon lassen."

Gruber sagte nichts.

„Und dass der Baumann das Testament hat verschwinden lassen, das lässt Sie dagegen kalt, oder wie?"

„Absolut nicht. Aber das eine hat nichts mit dem anderen zu tun."

„So, bitte schön, die Herrschaften …" Der Wirt stellte Kaffee, Tee und eine Zuckerdose auf dem Tisch ab und blickte Hedwig Herzog fragend an. Die Frau schüttelte nur den Kopf, und der Wirt verschwand mit seinem Tablett wieder in der Küche.

Die Frau musterte Gruber nachdenklich, gab sich dann einen Ruck und sagte: „Na schön, damit Sie endlich Frieden geben und vielleicht doch noch herausfinden, was in dieser Nacht wirklich passiert ist. Aber Sie täuschen sich. Nachdem meine Mutter im Bett war, habe ich einen Bekannten besucht, den ich noch aus meiner Kindheit kenne und der nur ein paar Häuser von der Wohnung meiner Mutter entfernt wohnt. Und wenn Sie jetzt noch wissen wollen, was wir gemacht haben, nun, wir haben uns ein paar schöne Stunden gemacht. Zufrieden nun?“

„Ein Alibi kann man sich kaufen“, sagte Gruber unbeeindruckt. „Vor allem, wenn vier, fünf oder sechs Millionen mit im Spiel sind.“

„Es war aber so …“

„Dann geben Sie uns doch den Namen und die Adresse des Herrn, damit wir die Sache überprüfen können“, sagte Bischoff.

„Sein Name ist Ewald Bürger. Schon von ihm gehört?“

„Nein, wieso sollten wir?“

„Weil er ein Kollege von Ihnen ist. Er ist in Traunreut bei der Schutzpolizei. Zufrieden?“ Nach diesen Worten lehnte sich die Frau lächelnd zurück und genoss ihren kleinen Triumph. Eine kurze Pause entstand.

„Und Sie meinen, weil der Herr ein Kollege von uns ist, würden wir ihm automatisch alles abkaufen, was er uns auftischt?“, fragte Bischoff.

Die Frau sagte nichts.

„Na schön, selbst wenn es so war, würde ich mich an Ihrer Stelle nicht so darüber freuen", sagte Gruber dann und nippte an seinem Kaffee.

„Ach ja … Und warum nicht?"

„Wenn das der Baumann erfährt, sind Sie Ihr Erbe möglicherweise los, bevor Sie es angetreten haben. Es gibt da nämlich eine …" Bevor Gruber weiterreden konnte, erfasste ihn ein Bauchgrimmen, dass er dachte, gleich zerreißt es ihn. Er sprang wortlos auf und eilte zur Toilette.

34

Erst zwei Uhr vorbei. Gruber schwang die Beine über die Bettkante und setzte sich auf. Er zog ein Papiertaschentuch aus der Packung auf dem Nachtkästchen, putzte sich die Nase und befühlte dann mit dem Handrücken seine Stirn. Das Fieber hatte etwas nachgelassen, dennoch fühlte er sich so hundeelend wie schon lange nicht mehr. Und das ausgerechnet jetzt! Wenigstens hatte er keinen Durchfall mehr. Er blickte zum Nachtkästchen, wo sich seine Medikamente stapelten. Sollte er noch eine Schlaftablette nehmen, und ein Aspirin gleich dazu? Er unterdrückte einen Hustenreiz und erhob sich mit wackligen Beinen.

„Geht es dir noch immer nicht besser?", fragte Ingrid hinter ihm.

„Wird schon wieder …", murmelte Gruber.

„Soll ich dir irgendwas machen? Einen Tee oder eine Suppe?"

Gruber schüttelte nur den Kopf, schlüpfte in seinen Morgenmantel und tappte die Treppe hinunter. Er ging ins Bad, putzte sich die Zähne und setzte sich dann im Wohnzimmer vor den Fernseher. Er fand nichts, was ihn interessiert oder zumindest abgelenkt hätte und griff schließlich nach einer der herumliegenden Zeitungen vom Vortag. Überflog zum wiederholten Mal ein paar der Artikel über Schwabs tragisches Ende. Wie erwartet, hatte der Fall bundesweit Schlagzeilen gemacht und war sogar ein Thema in den Fernsehnachrichten gewesen. War von „Flucht in den Tod“ und ähnlichem Unsinn die Rede gewesen. Zu seinem Erstaunen war Nick Baumann dabei überall ziemlich gut weggekommen, hatte der Mann nach mehrheitlicher Auffassung der Medienleute nur von seinem Recht auf Notwehr Gebrauch gemacht. Aber war es wirklich Notwehr gewesen und nicht doch fahrlässige Körperverletzung mit Todesfolge oder gar Totschlag? Noch waren die Ermittlungen nicht abgeschlossen, aber Gruber glaubte nicht, dass Bischoff noch etwas finden würde, das Baumanns Version grundsätzlich in Frage stellen könnte.

Gruber schüttelte verärgert den Kopf und warf die Zeitungen zu Boden. Dabei war es nicht nur Schwabs Tod, der ihm zu schaffen machte. Durch den ganzen Rummel war auch der Mord an Grabowski zu einem überregionalen Thema geworden, so dass nun halb Deutschland wusste, dass im ach so idyllischen Chiemgau noch immer ein Mörder frei herumlief. Entsprechend ätzend waren manche der Kommentare ausgefallen.

Das kann noch heiter werden, dachte Gruber, und war kurz darauf wider Erwarten eingeschlafen.

35

Gruber stand am Fenster seines Büros und blickte auf die dunkle Wolkenfront, die laut Wetterbericht kommende Nacht bis ins Flachland für Schnee sorgen würde. In wenigen Tagen war Allerheiligen, und normalerweise hatte er diese Jahreszeit immer besonders gemocht, vor allem die langen Abende zuhause, um zu lesen oder Musik zu hören. Doch im Augenblick schien ihm alles fremd und unpassend zu sein. Er war zwar körperlich wieder einigermaßen fit, aber irgendwie fehlte ihm jeder Antrieb. Er stieß einen Seufzer aus und setzte sich wieder an seinen Schreibtisch. Nahm zum wer weiß wievielten Mal die Akte Schwab zur Hand und überflog die Aussage Nick Baumanns. War das ganze Desaster wirklich nur eine Verkettung unglücklicher Umstände gewesen? Als er aufblickte, stand Bischoff in der Tür.

„Dir macht diese Schwab-Geschichte noch immer Kopfzerbrechen, hm?“, sagte sie.

Gruber zuckte mit den Schultern. „Ich weiß nicht, aber irgendwas ist faul an der Sache, und zwar gewaltig.“ Er warf einen Blick auf seine Armbanduhr. „Am liebsten würde ich noch mal rausfahren zu den beiden und ihnen den Abend verderben.“

„Das bringt doch nichts“, entgegnete Bischoff.

„Was immer dort genau passiert ist, werden wir nie erfahren. Also mach dich nicht verrückt."

„Na ja, vielleicht hast du ja Recht."

„Eben. Was hältst du davon, wenn wir stattdessen noch was trinken gehen?", fragte sie.

„Ja, warum nicht", sagte Gruber.

Eine Viertelstunde später saßen sie in einem Café in der Bahnhofstraße, tranken Wein und beäugten eine Gruppe von Frauen mittleren Alters am Nebentisch, die hier so etwas wie einen Literaturstammtisch abhielten. Jedenfalls hatte eine von ihnen ein Manuskript vor sich liegen, über das nun reihum debattiert wurde. Allerdings nur mit lobenden Worten, wie Gruber verwundert feststellte. Er lächelte unwillkürlich. Was würde wohl sein Freund Schott dazu sagen? Wie hatte der einmal gemeint: „Ich diskutier nicht über das Schreiben, ich mache es einfach."

„Vielleicht solltest du auch mal deine Erinnerungen niederschreiben", sagte Bischoff zu ihm. „Stoff genug hättest du inzwischen ja."

Gruber verzog das Gesicht. „Das würde mir gerade noch fehlen."

„Hm, hast du eigentlich wegen dieser Krankenschwester noch mal etwas unternommen?"

„Warum sollte ich? Zu dem Zeitpunkt, als sie beschlossen hat, dem Schwab zu helfen, war er schließlich noch nicht zur Fahndung ausgeschrieben."

„Aber dann hat sie uns die Hucke vollgelogen."

„Und wenn schon, daran können wir jetzt auch nichts mehr ändern."

„Aber ohne sie wäre alles anders gekommen …"

Gruber zuckte nur mit den Schultern.

Bischoff rückte ihr Glas hin und her, es war offensichtlich, dass sie noch etwas anderes beschäftigte.

„Was ist?", fragte Gruber. „Du hast doch etwas auf dem Herzen, oder nicht?"

„Ich glaube, ich beantrage eine Versetzung", sagte Bischoff nach einer Pause, ohne Gruber dabei anzusehen.

„Warum das denn?" Gruber war überrascht und empört zugleich.

„Es ist nicht wegen dir", erwiderte sie schnell. „Ganz im Gegenteil. Es gibt niemanden, mit dem ich lieber zusammenarbeiten würde. Aber so wie es aussieht, werde ich einfach nicht heimisch hier in Traunstein."

„Auf einmal, nach über vier Jahren?"

„Ja, aber so ist es. Ich meine, es ist alles wunderschön hier, die Landschaft, die vielen Sehenswürdigkeiten, die Nähe zu Salzburg, dazu die ganzen Möglichkeiten, um Sport zu treiben …"

„Dir fehlt die Großstadt, hm?"

„Das auch. Aber es ist auch wegen der Leute hier. Die meisten in meinem Alter sind schon verheiratet und haben nur noch ihre Familie im Kopf, und die paar Männer, die ich so im Lauf der Zeit kennen gelernt habe, waren auch eher Problemfälle …"

„Inwiefern, wenn ich fragen darf?"

„Na ja, einer war zum Beispiel noch verheiratet und hat nur Abwechslung gesucht, und ein anderer hat sofort Leine gezogen, nachdem er erfahren hatte, dass ich bei der Kripo bin."

„Im Ernst?"

„Ja. Ich habe auch keine Ahnung, wieso."

„Und du meinst, das ist in München anders?"

Bischoff lächelte verlegen. „Weiß ich nicht, aber ein bisschen anders schon, würde ich sagen."

„Tja, dazu kann ich schlecht was sagen", sagte Gruber und lehnte sich zurück, leicht bedrückt von der Aussicht, die paar Jahre bis zu seiner Pensionierung ohne Bischoff auskommen zu müssen. Er mochte die Frau. Nicht nur, weil sie ihm in Salzburg das Leben gerettet hatte. Bischoff war die ideale Kollegin. Eine Kollegin, der es immer nur um die Sache gegangen war, und nie um die Karriere oder sonstige Mätzchen. Ein Glücksfall in diesem Beruf. Zugleich machte er sich Vorwürfe. Wieso hatte er Bischoff nicht öfter vorgeschlagen, auch mal privat etwas gemeinsam zu unternehmen, wenn schon nicht zu zweit, dann wenigstens zusammen mit Ingrid. Angebote gab es schließlich genug, da brauchte er nur in die Zeitung zu schauen. Kaum ein Abend, an dem nicht irgendwo in der Stadt eine Kabarettveranstaltung, ein Konzert oder eine Theateraufführung stattfand. Von irgendwelchen Ausflügen oder sonstigen Aktivitäten ganz zu schweigen. Er hatte doch gewusst, dass sie ihre Freizeit gewöhnlich alleine verbrachte.

„Was die Männer angeht, da bist du nicht die Einzige", sagte er schließlich. „Meine Frau hat nicht wenige Freundinnen, die auch schon seit Jahren auf der Suche sind."

Bischoff blickte auf ihr Glas und sagte nichts.

„Ja, ja, ich weiß schon, was du jetzt denkst", sagte Gruber mit Blick zu dem literarischen Damenkränzchen. „Wenn man erst mal um die fünfzig oder gar sechzig ist, wird man eher vom Tiger gefressen und so. Aber da sind auch junge Frauen darunter, manche sogar jünger als du." Er beugte sich vor und tätschelte lächelnd ihre Hand. „Jünger und bei Weitem nicht so hübsch."

Bischoff erwiderte sein Lächeln. „Vielleicht hast du ja Recht. Aber dazu kommt das mit meinen Eltern. Die brauchen mich auch. Mein Vater muss demnächst vielleicht wieder operiert werden, und meine Mutter hat auch ein paar Probleme …"

„Trotzdem, überleg's dir noch mal. Was soll ich denn machen ohne dich? Denk nur mal an diese Salzburg-Geschichte. Ich brauche doch jemanden, der auf mich aufpasst."

„Ich würde sagen, du brauchst jetzt vor allem ein bisschen Schlaf. Du siehst ganz schön mitgenommen aus, wenn ich das mal so sagen darf."

„Ja, ich weiß. Diese Erkältung hängt mir immer noch nach." Gruber zog seine Brieftasche heraus und winkte der Bedienung.

„Ich habe heute Nachmittag übrigens mit der Werner gesprochen. Anscheinend sitzt ihr der Oberstaatsanwalt ziemlich im Nacken", sagte Bischoff, sowie sie auf dem Gehsteig standen.

„Und wenn schon. Ich kann nicht zaubern", erwiderte Gruber.

„Aber du glaubst doch auch, dass es der Baumann war, der den Grabowski ertränkt hat? Auch wenn er zu dämlich war, um sich vorher zu überzeugen, dass das Testament noch das alte war."

„Schon, aber wie beweisen?" Gruber unterdrückte einen Hustenreiz und kramte in seinen Hosentaschen nach einem Taschentuch. Er wischte sich den Mund ab und sagte: „Was glaubst du, wie oft ich die Sache inzwischen durchgegangen bin? Natürlich muss es so gewesen sein, dass ihn seine Frau am Abend irgendwo in der Nähe abgesetzt hat, und er nach dem Mord im Haus den nächsten Morgen abgewartet hat. Aber solange wir keine Zeugen dafür haben …"

„Und was heißt das jetzt?"

Gruber mühte sich ein Lächeln ab. „Keine Angst, uns fällt schon noch etwas ein, wie wir ihn kriegen."

Bischoff beugte sich unvermutet vor und hauchte Gruber einen Kuss auf die Wange. Sagte noch: „Also dann bis morgen" und wandte sich ihrem Roadster zu. Gruber sah ihr hinterher, bis der Wagen um die Ecke Herzog-Friedrich-Straße verschwunden war. Er fühlte sich plötzlich sehr einsam.

Er saß schon in seinem Wagen, als sein Blick auf das einzige Schaufenster in der Straße fiel, das gänzlich unbeleuchtet war. Ohne zu wissen, wieso, war er plötzlich irritiert und zögerte, den Motor zu starten. Stattdessen behielt er das Schaufenster im Auge und überlegte angestrengt, was ihm daran merkwürdig vorkam. Dass dort kein Licht brannte, war zwar ungewöhnlich, aber so ungewöhnlich auch wieder nicht. Vielleicht wollte der Besitzer einfach nur Strom sparen oder hielt es für unnötig, nachts auf seinen Laden aufmerksam zu machen. Aber wieso machte ihm das plötzlich Kopfzerbrechen, Licht hin oder her? Licht, genau das war es! Da war doch irgendetwas mit Licht gewesen? Mit Licht, das nicht gebrannt hatte oder so …

Gruber grübelte noch ein paar Sekunden lang nach, dann hatte er die Antwort gefunden. Er startete den Motor und fuhr los.

36

„Guten Abend, Frau Eder“, sagte Gruber. „Entschuldigen Sie bitte die späte Störung, aber mir ist da etwas eingefallen, das ich Sie unbedingt fragen müsste.“

„Wenn S’ meinen, bitte …“

Gruber trat ein und wartete, bis die Frau hinter ihm die Tür geschlossen und sorgfältig abgesperrt hatte. Folgte ihr dann ins schlicht möblierte Wohnzimmer, in dem der Fernseher lief und überall Strickzeug herumlag.

„Ist Ihr Mann nicht zuhause?“, fragte er.

„Eben ned“, erwiderte die Frau mit säuerlicher Miene. „Dem ist sein Schafkopfabend wichtiger als die Sach’, dass da draußen ein Mörder frei herumläuft …“ Sie stockte und blickte Gruber anklagend an. „Was machen Sie eigentlich die ganze Zeit, oder wie lange soll des noch dauern, bis Sie den Dreckskerl endlich erwischt haben? Jetzt ist es schon vierzehn Tage her, dass der arme Herr Grabowski hat sterben müssen …“

„Genau deswegen bin ich hier“, sagte Gruber. „Weil genau Sie mir vielleicht weiterhelfen könnten.“

„Ich?“

„Ja, Sie …“

„Na schön, dann nehmen S' doch Platz, Herr Kommissar."

Gruber setzte sich auf die mit einer dicken Wolldecke geschützte Couch, während Frau Eder den Fernseher leise stellte und dann den Tisch vor ihm abräumte. Damit fertig, blieb sie in der Tür zur Küche stehen, die Hände tief in den Taschen ihrer Kittelschürze vergraben.

„Und was wäre des dann?", fragte sie noch immer sichtlich reserviert.

„Nun ja, Sie erinnern sich sicher an unser erstes Gespräch, an dem Morgen, nachdem Herr Grabowski tot aufgefunden worden war und Herr Baumann Sie beschuldigt hat, dass Sie das Testament vielleicht verräumt oder gar weggeworfen hätten?"

„Ja, tu ich …"

„Haben Sie da nicht etwas von einem Licht erwähnt, das nicht gebrannt hätte und über das Sie sich gewundert hätten?"

„A Licht?" Die Frau blickte Gruber sekundenlang ratlos an. „Ah so, ja, jetzt weiß ich, was Sie meinen. Weil bei dem Herrn Grabowski das Licht im Wohnzimmer aus war."

„Und was hat Sie daran gewundert? Ich meine, wieso sollte das Licht an sein, wenn er doch gar nicht nach Hause gekommen ist?"

Die Frau straffte sich, trat einen Schritt vor und setzte sich schließlich neben Gruber in einen Sessel.

„Des können Sie natürlich nicht wissen", sagte sie, nun etwas freundlicher gestimmt. „Aber der Herr Grabowski hat immer das Licht im Wohnzimmer angelassen, wenn er abends weg ist. Die Hoflampe und das Licht im Wohnzimmer."

„Und wie haben Sie …?"

„Ich steh' immer ziemlich früh auf, so um sechs meistens. Und da ist's ja noch stockfinster. Und wie ich da zu seinem Haus raufg'schaut hab, war nur das Hoflicht an."

„Und da sind Sie sich absolut sicher?"

„Wenn ich's doch sag … "

„Das würde bedeuten, dass sich entweder vor oder nach dem Mord jemand in dem Haus aufgehalten hat", sagte Gruber mehr zu sich selbst. „Der dann, weil er von dieser Gewohnheit nichts wusste, automatisch das Licht ausgemacht hat."

„Der Mörder?"

„Tja, das genau ist die Frage …" Gruber erhob sich. „Also dann, haben Sie vielen Dank, Frau Eder. Sie haben mir sehr geholfen."

Auf dem Weg zu seinem Wagen holte Gruber sein Handy aus der Jackentasche und rief Bischoff an. „Könnte sein, dass unserem Freund Baumann doch ein kleiner Fehler unterlaufen ist", sagte er und berichtete ihr mit knappen Worten von seinem Gespräch mit Frau Eder. „Dass er nach dem Mord den Rest der Nacht im Haus verbracht haben muss, darüber waren wir uns ja einig“, sagte er abschließend. „Und dabei hat er, aus welchen Gründen auch immer, das Licht im Wohnzimmer ausgemacht.“

„Und du meinst, das nützt uns vor Gericht etwas?“

„Es wäre neben der Sache mit dem Testament zumindest ein wichtiges Indiz. Grabowski hatte alle seine Schlüssel bei sich, es gab keinerlei Einbruchsspuren, und Baumann ist neben der lieben Frau Eder der Einzige, der noch einen Schlüssel hatte. Wer also, wenn nicht er, könnte sich dort aufgehalten haben?“

Bischoff sagte nichts.

„Was ist?“, fragte Gruber leicht ungehalten.

„Entschuldige, aber ich habe nur kurz überlegt, was der Baumann beziehungsweise seine Anwälte gegen die arme Frau Eder alles anführen würden … Wie alt ist die Frau, was meinst du?“

„Gute sechzig, würde ich sagen. Aber sie trägt nicht mal eine Brille, wenn das deine Sorge sein sollte?“

„Na immerhin. Und jetzt?“

„Ich weiß nicht …“ Gruber blickte zum Grabowski-Haus hoch. Die Hoflampe war eingeschaltet und auch im Wohnzimmer brannte Licht. Er sagte: „Vielleicht rücke ich den beiden jetzt gleich mal kurz auf den Pelz, ganz unverbindlich, versteht sich."

37

Gruber parkte seinen Peugeot neben Nick Baumanns Saab in der Einfahrt und stellte den Motor ab. Stieg aber nicht gleich aus, sondern blickte sich aufmerksam um. Ihm war plötzlich ein wenig unbehaglich zumute, ganz so, als ob er im Begriff sei, etwas Dummes zu tun. Er schob es auf den Umstand, dass er nicht erwünscht war, stieg aus und ging zur Haustür. Aus dem Haus drang kein Laut an ihn heran. Er drückte auf den Klingelknopf und wartete. Nichts geschah, im Haus blieb es weiter totenstill. Er klopfte ein paar Mal und wartete weiter. Wieder nichts. Na schön, dachte er, zwingen kann ich sie nicht. Dennoch blieb er stehen und lauschte angestrengt. Doch nichts tat sich. Waren die zwei etwa schon zu Bett gegangen? Er warf einen Blick auf seine Armbanduhr. Erst halb zehn. Er klopfte nochmals, und dieses Mal mit Erfolg. Die Haustür wurde einen Spalt breit geöffnet und Nick Baumann stand vor ihm. Grau im Gesicht und verschwitzt, die Hand am Hosengürtel.

„Herr Kommissar, was machen Sie denn hier?“, fragte er mit brüchiger Stimme.

„Ich weiß, es ist ein bisschen spät, aber könnte ich trotzdem reinkommen? Mir ist da noch etwas eingefallen, zu dem ich Sie befragen wollte.“

„Muss das jetzt sein? Meiner Frau und mir geht es gerade nicht so gut."

„Sind Sie krank?"

„So ungefähr. Wir haben uns heute Mittag mit irgendwas den Magen verdorben."

„Oh, verstehe. Also gut, dann komme ich in den nächsten Tagen noch mal vorbei. Und gute Besserung."

Gruber hatte kaum zu Ende gesprochen, da wurde Baumann von unsichtbarer Hand beiseitegestoßen, die Haustür flog auf und Gruber blickte in die Mündung einer Pistole. Der Mann hinter der Waffe trug eine dunkelgraue, zur Maske umfunktionierte Wollmütze, ansonsten war er unauffällig gekleidet, Jeans, schwarzer Anorak, grauer Pullover.

„Los, herein mit Ihnen!", zischte er Gruber zu.

„Ich hab ihm kein Zeichen gegeben", protestierte Baumann, der nun einen Meter entfernt im Flur stand, mit matter Stimme.

„Das sagst du, Arschloch … Also Bulle, rein mit dir, oder du bist ein toter Mann."

Gruber zögerte kurz, erkannte dann aber, dass er besser tat, was ihm befohlen wurde. Er trat über die Schwelle und erhielt sogleich einen kräftigen Stoß in den Rücken, der ihn vorbei an Baumann halb ins Wohnzimmer beförderte. Mit Baumann neben sich trat er ins Zimmer, wo Margit Baumann mit verschränkten Armen auf dem Sofa hockte, hinter ihr ein weiterer Mann, ebenfalls mit Jeans und Anorak bekleidet und mit einer schwarzen Wollmaske über dem Gesicht. Die Pistole in seiner rechten Hand war auf den Hinterkopf der Frau gerichtet. Gruber verwünschte seinen Eigensinn. Wer die zwei Maskierten waren, musste ihm keiner sagen. Es waren zweifellos die zwei Typen, von denen ihm Schwab erzählt hatte. Ebenso klar war, weswegen sie hier aufgetaucht waren. Sie waren hinter dem Geld her, das Schwab dem ermordeten Dealer abgenommen hatte. Und das sie jetzt im Besitz der Baumanns vermuteten.

„Bist du allein, Bulle?", fragte der Gangster hinter ihm.

„Warten Sie's ab …"

Ein Schlag auf seinen Hinterkopf war die Antwort. Gruber geriet ins Taumeln und stürzte beinahe. Dann spürte er die Mündung der Pistole an seinem rechten Ohr, eine Hand tastete seinen Mantel ab, zog ihm seine Heckler & Koch aus dem Hüfthalfter.

„Ich frag dich jetzt zum letzten Mal", erwiderte der Mann mit der grauen Maske, mit Grubers Pistole in der Linken. „Bist du allein?"

Gruber sagte nichts.

„Okay, wie du willst …" Der Lauf der rechten

Pistole schwenkte auf sein rechtes Knie. „Dann sag deiner Kniescheibe schon mal Adieu. Soll übrigens grausam wehtun, so ein …“

„Ja, ja, ich bin allein“, stieß Gruber hervor. „Aber man weiß, wo ich bin. Und wenn ich mich nicht bald melde, war ich die längste Zeit allein.“

Der Mann schüttelte nur den Kopf und gab seinem Komplizen durch einen Wink zu verstehen, dass er draußen nachsehen solle. Der andere verschwand in den Flur hinaus, doch bevor Gruber etwas sagen konnte, fauchte Margit Baumann unvermutet aggressiv: „Wir haben das verdammte Geld nicht, geht das nicht in eure blöden Köpfe?“

„Wie du meinst, Schlampe“, erwiderte der Pistolenmann beinahe gleichmütig. „Dann stirbst du eben als Lügnerin …“

Gruber ließ sich in einen Sessel fallen und versuchte, das Szenario auf die Reihe zu kriegen. Dass er kräftig in der Scheiße steckte, war ihm sonnenklar. Zum Glück trugen die zwei Eindringlinge wenigstens Masken, also hatten sie vielleicht noch eine Chance. Blieb nur die Frage, wie weit die zwei gehen würden, um sicherzustellen, dass die Baumanns nicht im Besitz des Geldes waren.

Der vor die Tür geschickte Mann kam zurück und sagte: „Alles ruhig da draußen. Aber wir sollten langsam zur Sache kommen, finde ich.“

„Ganz deiner Meinung", sagte der andere und richtete die Pistole in seiner rechten Hand nun auf Margit Baumann. Er sagte: „Also dann, Schätzchen, ich fang auch bei dir mit den Kniescheiben an …"

„Warten Sie, bitte", sagte die Frau. „Wir haben das Geld wirklich nicht. Aber ich mache euch einen Vorschlag: Wir verkaufen das Haus und alles und geben euch das verdammte Geld, okay? Oder wenn euch das nicht schnell genug geht, nehmen wir einen Kredit auf das Haus auf und ihr kriegt die Kohle schon in ein, zwei Tagen."

Der Angesprochene ließ ein gluckerndes Lachen hören. „Hast du das gehört?", wandte er sich an seinen Komplizen. „Die glaubt wohl, sie hätte es mit einer Inkasso-Firma zu tun." Er blickte wieder zu der Frau: „Tolle Idee. Sonst noch Vorschläge? Zum Beispiel, was wir inzwischen mit dem Herrn von der Polizei hier machen sollen?"

Eine Pause entstand.

„Wenn ihr mich umbringt, müsst ihr alle umbringen, oder etwa nicht?", fragte sie dann, ganz sachlich.

„Auf das könnte es hinauslaufen, ja …"

„Damit kommt ihr nie durch", meldete sich Nick Baumann mit weinerlicher Stimme.

„So, meinst du? Wir legen euch um, stecken die Bude in Brand, und bis die Bullen rausgefunden haben, was hier los war, sind wir längst wieder zuhause. Und kein Mensch weiß, dass wir jemals hier waren."

„Sie würden euch trotzdem kriegen", sagte Gruber. „Irgendwo steht euer Wagen, irgendwo auf dem Weg hierher habt ihr Spuren hinterlassen, irgendwo findet sich was, das euch mit dieser Sache hier in Verbindung bringt. Also seid vernünftig und haut ab, solange ihr noch könnt. Ihr seht doch, dass ihr hier an der falschen Adresse seid. Der Schwab hatte euer Geld nicht bei sich, das kann ich euch versichern. Wir haben knapp zwanzigtausend Euro bei ihm gefunden, mehr nicht. Wäre ja auch ziemlich blöd von ihm gewesen, das ganze Geld mit sich herumzuschleppen. Wahrscheinlich hat er es irgendwo vergraben, jedenfalls hätte ich das so gemacht. Entweder noch in Mannheim oder irgendwo unterwegs. Also findet euch endlich damit ab ..."

„Du bist wohl ein ganz Schlauer, was?"

„Ich versuche nur, eure Ärsche zu retten, habt ihr das noch immer nicht kapiert? Was da in Mannheim passiert ist, interessiert mich nicht. Damit habe ich nichts am Hut. Also macht, dass ihr wegkommt, bevor ihr euch wegen nichts und wieder nichts endgültig in die Scheiße reitet."

Die zwei Gangster wechselten einen Blick. Eine weitere Pause entstand. Die Baumanns verhielten sich ruhig, und auch Gruber fiel nichts mehr ein, womit er die zwei drängen könnte, aufzugeben und das Weite zu suchen.

„Vielleicht hat er Recht“, sagte der mit der schwarzen Maske schließlich. „Vielleicht sollten wir wirklich abhauen …“

„Einfach so?“, entgegnete sein Komplize.

„Warum nicht?“

„Okay, wie du willst“, sagte der andere und wedelte mit seiner Pistole in Richtung Margit Baumann. „Aber dann kommt sie da mit.“

„Was?“ Margit Baumann sprang vom Sofa auf. „Aber wieso denn?“

„Frag nicht so blöd. Du hast doch gehört, was der Bulle hier gesagt hat. Dass sie vielleicht nach ihm suchen, wenn er sich nicht meldet. Dann bist du unsere Lebensversicherung.“

Die Frau schüttelte den Kopf und warf Gruber einen bösen Blick zu. Gruber konnte ihre Wut gut verstehen. Wenn die zwei Gangster Margit Baumann wirklich als Geisel mitnahmen, würde die Frau unterwegs möglicherweise mehr mitbekommen, als gut für sie war. Noch hatten sie nicht die geringste Ahnung, wer die zwei waren. Noch konnten die zwei spurlos in der Nacht verschwinden und mussten sich keine allzu großen Sorgen machen. Aber die Fahrt nach Mannheim – oder wohin auch immer – würde lang sein, und wer wusste schon, was unterwegs alles passieren konnte. Vielleicht hatten die zwei im Augenblick noch die Absicht, die Frau am Leben zu lassen. Aber der geringste Zwischenfall, und sei es nur, dass einem der beiden ein Name herausrutschte, und sie würden auf Nummer sicher gehen. Und für Margit Baumann würde es eine Fahrt ohne Wiederkehr werden.

Die Frau schien dieselben Überlegungen angestellt zu haben. Sie setzte sich wieder und bedachte Gruber erneut mit einem Blick, der ihn frösteln ließ. „Wenn ihr schon eine Geisel braucht, warum nehmt ihr dann nicht ihn da mit?“, sagte sie. „Ein Bulle ist doch viel wertvoller für euch, oder nicht?“

„So, meinst du?“, sagte der Graue.

„Klar doch. Bevor die auf einen von ihren eigenen Leuten schießen, muss schon einiges passieren …“

Der Graue blickte zu Gruber. „Hat was für sich, finde ich …“

Gruber sagte nichts. Er schüttelte nur unwillig den Kopf und starrte auf das Muster des Teppichs zu seinen Füßen. Er konnte die Frau nicht einmal verurteilen für ihren Vorschlag. Margit Baumann wollte ihre Haut retten, koste es, was es wolle. Sollte er unter diesen Umständen wirklich zu seinen Gunsten argumentieren? Sollte er sagen, dass sie Unrecht hatte, dass man auf einen Polizisten viel weniger Rücksicht nehmen würde als auf eine Privatperson? Von einem Polizeibeamten wurde schließlich erwartet, dass er sich in Gefahr begab, das gehörte zum Berufsrisiko. Oder sollte er sagen, dass sie mit einer jungen, verschreckten Frau leichteres Spiel hätten als mit ihm? Er war immerhin ein altgedienter Kriminaler mit langjähriger Erfahrung im Umgang mit Kriminellen jeglicher Couleur. So einer kannte jede Menge Tricks, so einem war nicht zu trauen …

„Also, was meinst du dazu, Bulle?“, fragte der Graue erneut. „Hast du Lust auf einen kleinen Ausflug?“

„Macht, was ihr wollt“, sagte Gruber.

Im nächsten Augenblick war das Geräusch eines Automotors zu hören, das rasch näher kam.

38

Gruber erkannte das Geräusch sofort. Es war der Roadster von Bischoff. Er ließ sich nichts anmerken, blickte ebenso fragend zu den Baumanns wie die zwei Gangster.

„Wer ist das?", fuhr der Graue die Baumanns an.

„Keine Ahnung", erwiderte Margit Baumann schnell. „Ehrlich …"

„Scheiße, wenn das so weitergeht …" Der Graue wandte sich in Richtung Flur. „Wenn sich einer bewegt, legst du ihn um", rief er seinem Komplizen noch über die Schulter zu.

Der Graue verschwand zur Haustür hinaus, und Gruber betete, dass Bischoff der Sache gewachsen war. Dass sie den Kerl rechtzeitig durchschaute, sollte er ohne Maske auftreten. Oder ihm rechtzeitig eine Kugel verpasste, sollte er die brutale Tour versuchen. Der Motor des Roadsters verstummte.

Gruber hielt den Atem an.

Sekundenlang bleierne Stille.

Dann ein dumpfer Knall, dem gleich darauf ein zweiter folgte.

Gruber fiel ein Stein vom Herzen. Er hatte oft genug mit seiner Kollegin auf dem Schießstand geübt, um den Klang ihrer Pistole zu kennen. Blieb die Frage, ob sie den Kerl damit nur verscheucht oder tatsächlich getroffen hatte. Jedenfalls war sie jetzt im Bild und wusste, dass es um Leben oder Tod ging. Er blickte angestrengt zu dem Schwarzen, der wie angewurzelt dastand und augenscheinlich nicht wusste, ob er weiter Wachhund spielen oder seinem Komplizen zu Hilfe eilen sollte. Gleichzeitig registrierte er aus dem Augenwinkel, wie Baumann unruhig auf seinem Platz hin- und her wetzte, während die Frau sich noch ganz gefasst gab. Dann fiel die Haustür zu, und der Graue stand wieder im Zimmer.

„Das Miststück hat auf mich geschossen …“, stieß er entrüstet hervor.

„Es war eine Frau?“, fragte ihn der andere verblüfft.

„Ja, ich glaub schon …“

Der Graue trat vor und rammte Gruber die Mündung seiner Pistole an die Brust. „Du Scheißkerl hast uns belogen …“ Er spuckte Gruber die Worte förmlich ins Gesicht.

Gruber zuckte zurück und hob die Hände an. „Ich hatte keine Ahnung“, sagte er schnell. „Aber wenn ihr euch beeilt, könnt ihr durch die Hintertür immer noch abhauen. Also macht schon, bevor meine Kollegin Alarm schlägt.“

Gruber spürte eine Bewegung, blickte zur Seite und sah Baumann in gebückter Haltung auf die

Küchentür zuhalten. Er war noch einen halben Schritt vom Türrahmen entfernt, als der Graue abdrückte. Ob aus Berechnung oder rein instinktiv, würde Gruber nie erfahren. Baumann stürzte mit dem Kopf voran in die Küche, gefolgt von einem Klatschen, das sich anhörte, als sei der Mann mit dem Gesicht auf den Bodenfliesen aufgeschlagen. Nur seine Füße ragten noch in Grubers Blickfeld.

Im nächsten Augenblick fuhr Margit Baumann kreischend in die Höhe und warf sich an Gruber vorbei auf den Grauen, der mit seiner Pistole noch immer in Richtung Küchentür zielte. Der Graue wehrte sie mit seiner freien Hand ab, doch als die Frau anfing, mit den Fäusten auf ihn einzuschlagen, schwenkte er die Pistole herum und drückte erneut ab. Mitten in die Brust getroffen, plumpste die Frau wie ein Sack Kartoffeln zu Boden, wo sie mit verdrehtem Kopf und schlaffen Gliedmaßen reglos liegen blieb. Ein rasch größer werdender Blutfleck breitete sich auf ihrem Pullover aus.

„Scheiße", murmelte der Schwarze, sichtlich schockiert … Doch sein Komplize zögerte keine Sekunde. Er packte Gruber mit vorgehaltener Pistole am Mantelkragen und zerrte ihn in den Flur hinaus. „Jetzt hör gut zu, du verdammter Bulle", schrie er ihm dabei zu. „Wir gehen jetzt alle da raus und du wirst deiner Bullenschlampe sagen, dass sie aufgeben soll. Oder du bist der Nächste, verstanden?"

„Alles klar", erwiderte Gruber. „Aber ich glaube nicht, dass sie mit sich reden lassen wird."

„Das werden wir gleich sehen …"

Die zwei packten Gruber in ihre Mitte und schoben ihn zur Haustür. Der Schwarze öffnete die Tür einen Spalt breit und spähte kurz hinaus. Dann gab er seinem Komplizen ein Zeichen, und der Graue schubste Gruber ins Freie, die Mündung seiner Pistole auf Grubers Kopf gerichtet. Gruber blickte sich um, doch von Bischoff keine Spur. Nur ihr Roadster stand da, die Scheinwerfer eingeschaltet.

„Sag ihr, sie soll ihre scheiß Pistole fallen lassen und herkommen", sagte der Graue. „Oder wir legen dich um."

„Ulrike …?" Mehr brachte Gruber nicht heraus.

„Andreas?", kam es irgendwo rechts von ihm aus der Dunkelheit. „Bist du okay?"

„Bis jetzt ja …"

„Was ist passiert?"

„Sie haben die Baumanns erschossen. Es sind zwei …"

„Wenn Sie wollen, dass er am Leben bleibt, dann kommen Sie her und machen keinen Scheiß", bellte der Graue. „Ich gebe Ihnen genau fünf Sekunden."

Bloß das nicht, dachte Gruber. Überzeugt davon, dass ihrer beider Leben verwirkt waren, sollte Bischoff klein beigeben und sich ganz der Gnade der Umstände ausliefern. Dann würden die zwei genau das machen, was sie vorhin angedroht hatten. Sie würden auch Bischoff und ihn töten, und sollten sie noch die Zeit dazu haben, die Leichen ins Haus schaffen und alles anzünden.

„Tu's nicht", brüllte Gruber. „Sie bringen uns sonst beide um …"

„Noch ein Wort, und du bist ein toter Mann", zischte der Graue Gruber ins Ohr.

„Dann mach doch", sagte Gruber, plötzlich von einer großen Ruhe erfasst. „Aber wenn du mich jetzt erschießt, dann habt ihr in ein paar Minuten die Hölle am Arsch. Dann seid ihr erledigt, egal, was ihr macht."

„Zum letzten Mal", rief der Graue, hörbar bemüht, seiner Stimme Nachdruck zu verleihen. „Komm endlich her oder wir knallen ihn ab, ich schwör's dir."

Nichts.

Nur eine vereinzelte Schneeflocke kam herabgesegelt und zerschmolz auf Grubers Nasenspitze.

Gut, dachte Gruber, mach sie fertig. Nichts zerrte mehr an den Nerven als ein unsichtbarer Gegner.

„Okay, wie du willst", sagte der Graue, und für eine Schrecksekunde lang dachte Gruber, das war's dann, gleich ist alles vorbei. Doch der Moment ging vorüber und nichts geschah. Was nur eines zur Folge haben konnte: Die zwei würden ihn als Geisel mitschleppen. Und genauso kam es auch.

„Na schön", sagte der Graue zu ihm, „dann kommst du eben mit … Wir nehmen ihn mit", rief er Bischoff zu, „wenn uns jemand folgt oder wir aufgehalten werden, ist er tot. Und diesmal machen wir Ernst, damit das klar ist, du feiges Miststück."

39

Nachdem sie ihm noch schnell seine eigenen Handschellen angelegt hatten, zwangen die Gangster Gruber, voran in Richtung Wald zu gehen. Der Graue war dabei direkt hinter ihm und bohrte ihm die Mündung seiner Pistole in den Nacken. Gruber, schwach auf den Beinen und mit Kopfschmerzen, die mit jedem Schritt ärger wurden, hielt den Blick auf den Boden gerichtet, um nicht schon bei der ersten Unebenheit zu stolpern und sich die Knie oder gar das Gesicht aufzuschlagen. Auf halbem Weg zum Waldrand fasste ihn der Graue am Ärmel und hielt ihn fest. Sie blieben alle drei stehen und blickten angespannt zum Haus zurück, wo sich jedoch nichts rührte.

„Wo soll's eigentlich hingehen?“, fragte Gruber, obwohl er sich bereits denken konnte, auf welchem Weg die zwei zum Haus gelangt waren.

„Halt die Klappe und geh weiter“, erwiderte der Graue. „Oder ich hau dir eins in die Fresse.“

Sie stapften weiter, wobei Gruber unvermutet die letzten Worte eines Polarforschers in den Sinn kamen. Die Worte eines kranken und zu Tode erschöpften Mannes, der seinen Begleitern nicht länger zur Last fallen wollte. Der einfach sagte: „Ich gehe kurz mal nach draußen. Könnte eine Weile dauern …", bevor er das Zelt verließ und hinaus in den Schneesturm trat. Und nie wieder gesehen wurde. Würde es ihm genauso ergehen? Würde auch er spurlos verschwinden?

Sie erreichten den Weg, der zur Hügelkuppe hinaufführte. Unter den ersten Bäumen angekommen, schaltete der schwarz Maskierte eine Taschenlampe ein und beleuchtete damit den Boden vor Grubers Füßen, dann ging es weiter, geleitet vom Schein der Lampe. Weiter bergan, wo der Weg immer schmaler und steiler wurde, bis kaum mehr zu erkennen war, wo er verlief. Gruber beugte sich weit vor, um ja nicht das Gleichgewicht zu verlieren. Als sie sich der Stelle näherten, wo der Pfad am Rande einer beinahe senkrecht abfallenden Lehmwand entlang führte, fünf oder sechs Meter über dem Bachbett, kam Gruber ein Gedanke.

Er wehrte sich kurz dagegen, bis ihm klar wurde, dass dies seine einzige Chance sein würde. Er machte sich keine Illusionen, was sein Schicksal in den Händen dieser Gangster betraf. Selbst wenn Bischoff nichts von seiner Entführung melden sollte, was allein angesichts der zwei Leichen schon äußerst unwahrscheinlich war, und die zwei mit ihm im Kofferraum tatsächlich durchkommen sollten, würden sie ihn anschließend kaum laufen lassen. Dazu wusste er bereits viel zu viel über die beiden. Immerhin könnte er sie schon anhand ihrer Stimmen identifizieren, würden ihm die Mannheimer Kollegen jeden auch nur ansatzweise in Frage kommenden Mann vorführen. Nein, sie würden ihn ebenfalls umbringen, keine Frage. Spielte ja auch keine Rolle mehr, nach dem Doppelmord an den Baumanns. Aber mit gefesselten Händen? Gruber zögerte kurz, entschied dann, trotzdem alles auf eine Karte zu setzen. Was hatte er schon zu verlieren? Entweder hatte er Glück, oder eben nicht! Oder wollte er wirklich, eingesperrt im Kofferraum eines Autos, hilflos seinem Ende entgegensehen? Immerhin hatte er das Überraschungsmoment auf seiner Seite. Und wenn er schnell und entschlossen genug handelte, könnte es klappen.

So blieb er, über der Lehmwand angekommen, abrupt stehen, so dass der Graue gegen seinen Rücken prallte. Gruber trat einen Schritt zur Seite und schubste den Mann dann mit der Schulter in die Tiefe. Es ging unerwartet leicht, und für einen Augenblick herrschte eine gespenstische Stille. Gruber empfand nichts, völlig darauf konzentriert, sich aufrecht zu halten. Dann stieß der Graue einen Schrei aus und war aus Grubers Blickfeld verschwunden.

Der Schwarze blickte seinem Komplizen hinterher, und gab Gruber so Gelegenheit, ihm einen

Tritt zwischen die Beine zu versetzen. Der Tritt fiel bei Weitem nicht so kräftig aus, wie Gruber sich das gewünscht hatte, aber er reichte aus, dass der Mann rücklings zu Boden stürzte und meterweit den Pfad hinabschlitterte. Gruber dagegen fiel auf den Hosenboden und fand sich selbst bedrohlich nahe am Rand der Lehmwand wieder. Er krallte sich in letzter Sekunde an einer Wurzel fest, rollte sich herum und kniete sich kurz hin, ehe er sich mit letzter Kraft aufrappelte. Er blickte zu dem Schwarzen, dessen Gestalt sich schemenhaft zwischen den Bäumen abzeichnete, noch immer ein gutes Stück unterhalb von ihm. Er wird nicht auf mich schießen, dachte er, er braucht mich als Geisel. Doch kaum auf den Beinen, ertönte hinter ihm ein Knall, und Gruber flog ein Stück Rinde um die Ohren. Tiefgebückt stolperte er weiter den Pfad hinauf.

Ein zweiter Schuss fiel, und Gruber spürte einen Schlag am rechten Oberarm. Er geriet kurz ins Stolpern, schaffte es aber, aufrecht zu bleiben. Zwei weitere Schüsse folgten, doch nichts passierte. Mit gesenktem Kopf und erhobenen Händen, um sich gegen die Äste zu schützen, hastete er weiter. Die Stelle, an der er getroffen war, brannte wie nach einem Hornissenstich, ansonsten spürte er nichts. Er hatte nur einen Gedanken: Weg! Nur weg von hier! Wenigstens war ihm der Weg leidlich bekannt, so dass er einigermaßen vorankam. Blieb nur noch die Frage, ob der Kerl hinter ihm erst nach seinem Komplizen schauen oder gleich die Verfolgung aufnehmen würde. Gruber erreichte nach Atem ringend den Wendeplatz auf der Hügelkuppe, wo auch der Wagen der Gangster geparkt war, ein schwarzer Geländewagen. Er blickte gehetzt um sich. Wohin jetzt? Nach rechts den Forstweg hinab zum nächsten Anwesen, oder nach links wieder mitten in den Wald hinein? Wenn sein Verfolger clever war, würde er schnellstens aus der Gegend verschwinden, bevor die Fahndung nach ihm auf Touren gekommen war. Aber konnte er sich wirklich darauf verlassen? Vielleicht wollte der Mann sich rächen, oder würde jetzt umso fester der Überzeugung sein, dass er eine Geisel brauchte. Dann würde er vermutlich auch nicht gleich aufgeben. Zumal die Wolkendecke wieder aufgerissen war und fahler Mondschein etwas Orientierung ermöglichte.

Gruber schöpfte Luft und horchte. Nichts. Nur der Schlag seines Herzens und die Baumwipfel, die sich leise knarrend und ächzend im Wind hin- und herbewegten. Er warf einen letzten Blick in die Richtung, aus der er gekommen war und folgte dann dem Weg in den Wald. Einem mit Bauschutt befestigtem Weg, der nach vielleicht zweihundert Metern vor einem Latschenfeld abrupt endete. Gruber atmete befreit auf. So ein Feld war ein wahrer Irrgarten, in dem er sich bestens verstecken könnte. Und wohin ihm der Kerl, dem nun die Zeit davonlief, auch kaum folgen würde. Er zwängte sich durch die dichtstehenden, gut mannshohen Bäumchen, den Blick nach vorne gerichtet – und wäre um Haaresbreite in einen Tümpel gestürzt, der sich plötzlich vor ihm aufgetan hatte. Er konnte sich gerade noch herumwerfen und an einem Ast festhalten.

Wieder sicher auf den Beinen, beugte er sich vor und blickte genauer hin. Das längliche Loch war nicht viel größer als eine Badewanne, aber wer wusste schon, wie tief es war. In dieser Nacht lagen Glück und Pech wirklich verdammt nah beieinander. Er schritt vorsichtig um den Tümpel herum, nur um gleich darauf auf den nächsten, gut drei Mal so großen zu stoßen, gesäumt von Schilfrohr und zwei Birken. Scheiße, da war er doch mitten in einem ehemaligen Torfstichgebiet gelandet, mit überall verstreuten Abbaustellen, die unter der trüben Wasseroberfläche vermutlich mit jeder Menge Schlamm gefüllt waren. Bei Tageslicht vielleicht ein wildromantischer Anblick, aber nachts und mit gefesselten Händen tückische Dinger, von denen einige sicher tief genug waren, dass man rettungslos verloren war, sollte man hineinstürzen und niemand zur Hand sein, der einem wieder heraushalf. Zu seiner Erleichterung wurde das Dickicht um ihn herum gleich darauf etwas lichter, und er stieß auf einen Trampelpfad, der sich irgendwo vor ihm in der Dunkelheit verlor.

Verdammt! War da nicht eben ein Geräusch gewesen, irgendwo hinter ihm? Gruber ging in die Hocke und lauschte angestrengt. Sekundenlang tat sich nichts. Dann war es erneut zu hören, eine Art Platschen, das sich ein paar Mal rasch wiederholte. Ganz so, als würde jemand auf Wasser einschlagen. Gruber zögerte. Vielleicht nur ein Trick, um ihn anzulocken? Oder war sein Verfolger tatsächlich in einen der Tümpel gestürzt? Er kämpfte kurz mit sich selbst, dann ging er nachsehen. Vorsichtig und darauf bedacht, nur ja keinen falschen Schritt zu machen. Es war kein weiter Weg. Der Mann, nun ohne Maske und mit schweißbedecktem, angstvoll verzerrtem Gesicht, steckte bereits bis zur Hüfte im Schlamm fest, weniger als eine Armlänge vom vorderen Rand des Tümpels entfernt. Doch zu weit weg, um seine Finger in die bröselige, von Wurzeln durchzogene Erde zu krallen und sich hochzuziehen. Vielleicht hätte er gleich zu Beginn eine Chance gehabt, aber in seiner Panik hatte er wohl wild um sich geschlagen und war auf diese Weise so rasch und tief eingesunken, dass nun alles zu spät war.

Dass er auch die Rückseite des Lochs, wo der Morast auf fast gleicher Höhe in sumpfiges, von vereinzelten Bäumen bewachsenes Gelände überging, aus eigener Kraft kaum mehr erreichen könnte.

Sein flehentlicher Blick durchbohrte Gruber, doch Gruber wusste nicht, wie er dem Mann helfen könnte. Weit und breit lag kein Ast oder Stock herum, und selbst wenn, zweifelte er daran, dass es ihm gelingen würde, den Eingesunkenen damit herauszuziehen. Er konnte selbst ja vor Erschöpfung kaum mehr aufrecht stehen, geschweige denn kräftig zupacken, zumal mit gefesselten Händen und einem verletzten Oberarm. Hinzu kam die Angst, er könnte sich dabei selbst in Lebensgefahr bringen. Denn einmal befreit, würde der Mann sich wohl kaum artig bedanken und Gruber seiner Wege gehen lassen, ganz im Gegenteil. Am liebsten hätte er sich abgewandt und irgendwo im Gebüsch verkrochen, bis alles vorbei war.

„Jetzt tun Sie doch endlich was, verdammt!", rief der Mann. „Oder soll ich hier vielleicht absaufen?"

Gruber zögerte noch kurz, überwand dann seine Bedenken. Von einer Waffe war nichts mehr zu sehen, und vielleicht rückte ja doch noch rechtzeitig Hilfe an. Denn dass Bischoff nach den Schüssen im Wald Himmel und Hölle in Bewegung gesetzt hatte, stand fest. Weit würde der Kerl nicht mehr kommen, ob mit oder ohne Gruber als Geisel. Und dass er Gruber unter diesen Umständen noch etwas antun würde, nein, so verrückt konnte kein Mensch sein.

„Okay, ich komm runter“, sagte Gruber, ging um den Tümpel herum, ließ sich hinunter und trat mit dem rechten Fuß behutsam auf. Er sank sofort bis zum Knöchel in den schwammigen Boden ein, aber zum Glück nicht weiter. Zumindest vorerst nicht. Er zog den linken Fuß nach und näherte sich dann dem Mann, soweit er sich traute. Eine Handbreit vom Wasser entfernt kniete er sich hin und streckte seine Hände nach dem Eingeschlossenen aus. Wenn ich jetzt vornüber kippe, dachte er, dann gute Nacht.

Doch es reichte nicht. Sosehr der Mann sich auch bemühte, Grubers Hände zu packen, er fiel immer wieder zurück, und sank dabei jedes Mal ein Stück tiefer ein. Gruber rutschte ein paar Zentimeter vor, aber es half alles nichts: Mehr als eine kurze Berührung ihrer Fingerspitzen war nicht drin. Dann gab der Mann plötzlich ein heftiges Stöhnen von sich und die Atemschwaden vor seinem Gesicht lösten sich auf, ohne durch neue ersetzt zu werden. Im nächsten Augenblick sackte er mit schlaffen Armen und zur Seite gedrehtem Kopf ins Wasser und ging unter. Ein paar Luftblasen stiegen noch auf, dann herrschte Stille. Grabesstille. Gruber ließ sich auf den Rücken fallen und versuchte, an gar nichts zu denken.

40

Es war schon Mittag vorbei, als endlich etwas Ruhe einkehrte und Gruber sich unendlich erschöpft ins Kissen fallen ließ. Das wäre geschafft, dachte er erleichtert, jetzt kann kommen, was will. Natürlich würden die Befragungen noch eine Weile weitergehen, so wie auch der Medienrummel noch einige Zeit anhalten würde, aber das würde er schon überstehen. Was er getan hatte, konnte er vertreten, vor jeder Instanz. Bedauerlich war nur, dass sie nun niemals erfahren würden, was genau in Mannheim passiert war, ob Schwabs wegen diverser Gewalt- und Drogendelikte mehrfach vorbestrafte Verfolger Jürgen Sattler (Der Graue) und Uwe Bohnhaupt (Der Schwarze) Komplizen oder Hintermänner gehabt hatten. Natürlich würden die Kollegen dort der Sache nachgehen, sich letztendlich aber wohl damit zufriedengeben, dass sie sich jetzt mit zwei stadtbekannten Unterweltfiguren weniger herumschlagen mussten. Und höchst bedauerlich war es natürlich auch, dass mit Nick Baumanns Tod ihr Hauptverdächtiger im Mordfall Grabowski ausgeschieden war. Aber gut, auch damit könnte er leben. Auch wenn er sich immer und immer wieder fragen würde, ob die Baumanns ohne sein Auftauchen überlebt hätten.

„Du bist schon ziemlich geschlagen mit mir", sagte er zu Ingrid, die als Einzige im Zimmer geblieben war und auf einem Stuhl neben seinem Bett saß.

„Könnte schlimmer sein", erwiderte sie und schenkte Gruber ein Lächeln, das ihm wieder einmal jede Angst nahm, vor diesem Krankenhauszimmer hier, vor dem Alter, vor dem Alleinsein, vor dem Tod.

„Ach so?"

„Es gibt auch andere Frauen, die Angst um ihre Männer haben. Du kennst doch die Gretel …?"

„Die vorne an der Straße, mit dieser komischen Frisur …?"

„Genau die. Der Mann von ihr ist doch ein begeisterter Bergkletterer. Wenn der übers Wochenende weg ist, was er im Sommer fast immer ist, kommt sie vor Sorgen fast um, hat sie mir kürzlich erzählt."

„Und, ist ihm schon mal was passiert dabei?"

Ingrid schüttelte den Kopf. „Soviel ich weiß, nicht. Und bei dir weiß ich wenigstens, dass du dich nicht zum Vergnügen in Gefahr begibst. Höchstens aus Dummheit …"

Ein flüchtiges Klopfen an der Tür, dann stand Bischoff auch schon im Zimmer.

„Ich habe eben mit der Rechtsmedizin in München telefoniert", erklärte sie ein wenig atemlos.

„Also, der Sattler ist eindeutig an einem Genickbruch gestorben und dürfte auf der Stelle tot gewesen sein. Aber dein Freund im Moor hat einen Herzinfarkt erlitten und ist höchstwahrscheinlich deswegen vor deinen Augen ertrunken."

„Einen Herzinfarkt?" erwiderte Gruber überrascht und richtete sich im Bett auf . „Mit siebenundzwanzig!"

„Ja, stell dir vor. Unglaublich, nicht?"

„Siebenundzwanzig", wiederholte Gruber. „Dabei dachte ich immer, das wäre nur für Popmusiker ein gefährliches Alter …"

„Wieso?" Bischoff blickte ihn verständnislos an.

Gruber winkte ab und griff nach dem Wasserglas auf dem Nachtkästchen neben sich.

Ingrid stand auf und nahm Grubers Kollegin unvermutet in den Arm. „Ich habe mich noch gar nicht richtig bedankt bei Ihnen", sagte sie, plötzlich mit Tränen in den Augen.

„Ach was", sagte Bischoff mit bemühter Leichtigkeit. „Ich bin mir fast sicher, dass er auch ohne meine Hilfe ausgekommen wäre."

„Aber eben nur fast."

Ingrid zog für Bischoff ihren Stuhl heran und setzte sich dann zu Gruber auf die Bettkante.

„Und, hast du noch starke Schmerzen?", fragte Bischoff, nachdem sie sich gesetzt hatte.

„Halb so schlimm“, erwiderte Gruber. „Ist ja nur eine Fleischwunde, auch wenn's höllisch gebrannt hat. Trotzdem wird's eine Weile dauern, bis ich wieder im Dienst bin.“ Er lächelte matt. „Und dann wäre mir nichts lieber, als wenn du noch da wärst …“

„Keine Sorge, das werde ich.“

„Habe ich da etwas nicht mitbekommen?“, fragte Ingrid.

„Sie hat mir eine Stunde vor dem gestrigen Schlamassel angekündigt, dass sie sich vielleicht versetzen lassen möchte“, erklärte Gruber. „Weg aus dem friedlichen Chiemgau zurück in die Großstadthölle von München.“

„Schon vergessen“, sagte Bischoff.

„Und, hast du zufällig mitbekommen, was die Buschtrommeln hinter meinem Rücken so verkünden?“

„Die Werner steht voll hinter dir, der oberste Chef auch, und der Innenminister tut auch so. Aber entscheidend ist natürlich, was die Pressemenschen daraus machen. Immerhin sind in deinem Beisein zwei Menschen erschossen worden, und das mit dem Sattler könnte dir als fahrlässige Tötung ausgelegt werden, wenn es ganz dumm kommen sollte.“

„Schwachsinn“, murmelte Gruber.

„Klar doch …"

Erneutes Klopfen an der Tür. Doch bevor Gruber antworten konnte, steckte Schneider seinen Kopf durch die Tür, seine Kamera in der erhobenen Hand. Ingrid und Bischoff sprangen gleichzeitig auf und versperrten Schneider die Sicht auf Gruber.

„Raus mit Ihnen", rief Bischoff. Dann war sie schon bei dem Mann und drängte ihn in den Flur hinaus. Als sie wieder zurückkam, hatte sie Haidegger im Schlepptau.

„Wenn das alles stimmt, was ich bis jetzt gehört habe, ist das eine satte Leistung, für einen Mann Ihres Alters", sagte er statt einer Begrüßung.

Gruber mühte sich ein Lächeln ab. „Sie müssen nicht neidisch werden, Herr Kollege. Ich hatte mehr Glück als Verstand."

„Das glaube ich Ihnen aufs Wort."

„Trotzdem vielen Dank, dass Sie wieder mal den weiten Weg nach Traunstein gefunden haben. Ich möchte Sie nämlich um einen Gefallen bitten."

„So?" Haidegger lehnte sich gegen das Fensterbrett und blickte Gruber forschend an.

„Ja. Ich möchte nämlich, dass Sie eine Presseerklärung herausgeben, in der Schwab so weit wie möglich rehabilitiert wird. Dass er mit dem Mord an Ihrem Undercover-Menschen nichts zu tun hatte, ist inzwischen ja klar. Also vergessen Sie das Geld, das er geklaut hat und geben Sie an, dass er nur Zeuge war und deswegen geflüchtet ist. Weil er Angst vor diesen zwei Typen hatte, die er nicht identifizieren konnte, die aber wussten, wer er ist."

„Nach all dem Ärger, den wir seinetwegen hatten?"

Gruber holte tief Luft. „Wenn hier einer wirklich Ärger hatte, dann ja wohl ich, oder?"

„Okay, ich werde mein Möglichstes tun. Ich frage mich nur, wem es nützen soll. Der Mann war alleinstehend, hatte keine Angehörigen …"

„Sagen wir einfach, weil ich es so möchte, Herr Kollege."

Pendragon Verlag
gegründet 1981
www.pendragon.de

Gedruckt auf holz- und säurefreiem Naturpapier

Originalausgabe
Veröffentlicht im Pendragon Verlag
Günther Butkus, Bielefeld 2012

Lektorat: Daniela Zielberg, Vanessa Vogt
Umschlag: Uta Zeißler, Bielefeld
Umschlagfoto: Marietta Heel
Satz: Pendragon Verlag auf Macintosh
Gesetzt aus der Adobe Garamond
Druck: Aalexx Buchproduktion, Großburgwedel
ISBN 978-3-86532-306-4
Gedruckt in Deutschland